Strade blu

Gianluca Nativo

IL PRIMO CHE PASSA

ROMANZO

> - transition tra paragrafi un po' maldestre, come se Nativo non riuscisse a incanalare il flusso della narrazione che dovrebbe scorrere come un fiume, guidare il lettore frase dopo frase, e che qui invece è saltellante

MONDADORI

librimondadori.it

Il primo che passa
di Gianluca Nativo
Collezione Strade blu

ISBN 978-88-04-73525-0

© 2021 Mondadori Libri S.p.A., Milano
I edizione gennaio 2021

Il primo che passa

Perché mai uno felice dovrebbe accorgersi di un segnale?
GORE VIDAL, *Palinsesto*

«Alle cinque di mattina, come un vero criminale!»
La voce rimbalzò da balcone a balcone, risalì le facciate dei palazzi seguendo le luci abbaglianti delle sirene fino ad arrivare alle nostre orecchie, ben nascoste dalle fronde delle cycas. L'intero vicinato assisteva in vestaglia, i piedi infilati tra le ringhiere, allo spettacolo che si svolgeva in strada: parcheggiata in modo teatrale in mezzo alla via, una volante bloccava il passaggio. Un carabiniere registrava un verbale sul tettuccio dell'auto con fare svogliato. Dalla portiera aperta veniva il suono della ricetrasmittente, da un orto poco lontano il canto di un gallo.

Nel mio quartiere è abitudine stare appollaiati ai balconi ad assistere alla vita che si svolge per strada, tra processioni di santi, cortei funebri e serenate. Neanche il lampeggiante blu che svariava tra un palazzo e l'altro – come fosse una qualunque girandola, luminaria, fuoco d'artificio – aveva la forza di smuovere la nostra omertà, ben protetta da inferriate, infissi, loggette.

E nonostante i carabinieri avessero appena fatto irruzione proprio in casa nostra, anche io e mia madre assistevamo all'epilogo dell'arresto in punta di piedi, nell'angolo più buio del grande terrazzo, dove nessuno avrebbe potuto vederci, come semplici spettatori. Da lì guardammo l'auto andare via, ancora a luci accese.

«Che esagerazione» commentò, tirandomi verso di lei per il braccio. «Ti hanno fermato giù? Hai detto qualcosa?»

«Niente. Volevano sapere chi ero, perché stavo lì.»

«E hanno ragione, ti sembra questa l'ora di rientrare? Ma con chi stavi? Che gli hai risposto?»

«Niente, Rafilina ha gridato qualcosa e mi hanno fatto passare.»

Mia madre non mi ascoltava più. Non mi aveva nemmeno guardato in faccia. Si era messa subito al telefono, la voce ferma di chi tiene a freno la paura. Non poteva avvertire la mia delusione, come spiegarle la convinzione che le forze dell'ordine fossero lì per me, per portarmi via in manette?

«Va tutto bene Pierpà. Non ti devi spaventare. Fai salire Rafilina, ti prepara lei da mangiare. Se hai bisogno chiami zia Rosa, va bene?»

Non feci domande. Mi accontentai dell'unica premura che avevano per me in un momento simile: chi mi avrebbe preparato il pranzo.

Parte prima

I

In periferia non c'era spazio né per l'utile né per il bello. Anche se mia madre ricordava campi e peschi in fiore dove ora si ammassavano gli edifici della 167, e mio padre rievocava in tempi lontani gente in strada fino a mezzanotte, il mio quartiere era diventato un posto orrendo dove l'unica attrazione erano gli affitti bassi.

Qualche stralcio di campagna era ancora visibile. Lungo la via di casa incontravamo spesso il gregge di un capraio incallito che, una volta l'anno, dava fuoco a una strisciolina di vegetazione per assicurare il pascolo alle sue bestie. C'erano famiglie che facevano i pomodori. Si riunivano nei cortili asfaltati a imbottigliare passate che garantivano essere le più buone. Di notte, dai garage dove le lasciavano al fresco, si sentivano esplodere le bottiglie mal chiuse. Qualcuno azzardava anche il vino, ma si serviva sempre di qualche scorciatoia chimica. La natura la intercettavi per lo più nei gesti dei più vecchi, i pensionati che raccoglievano le prugne dagli alberi incastrati tra i palazzi. Noi nipoti eravamo cresciuti negli interni, nelle case arroccate da cancelli e inferriate. E chi riusciva a svettare più in alto godeva di un privilegio che subito si traduceva in rispettabilità, in una licenza che altri non avrebbero potuto ottenere.

Io avevo avuto la fortuna di crescerci, in alto, sui lastrici, lontano dalla vita che brulicava in basso, nel groviglio di quella giungla in cui vedevo solo le braccia che sventolavano da un balcone all'altro. Il mio panorama era una distesa discontinua di tetti, antenne arrugginite e verande abusive tanto che il mio quartiere si allungava per un crinale di baite. E gli imprenditori, tra cui mio padre, si adattavano acquattandosi nei grossi SUV, come se quel po' di neve sul cono del Vesuvio minacciasse da un momento all'altro le nostre strade scassate. D'estate eravamo gli unici a dormire a porte aperte, sicuri che i ladri lassù non sarebbero arrivati. E, come i ladri, nessun altro pericolo.

Per quanto la cronaca lo dipingesse come un luogo inquinato, noto per la vicina discarica che di sera mandava un tanfo micidiale, il mio quartiere si atteggiava a provincia nordica, brianzola, dove anche l'ultimo disgraziato poteva credersi piccolo imprenditore grazie alle giuste conoscenze al comune, e rintanarsi nei villini sontuosi, assiepati lungo traverse isolate, difesi da alti cancelli, ben sorvegliati da pastori maremmani e telecamere di ultima generazione. Mio padre però trovava i villini di cattivo gusto, e li lasciava volentieri ai medici della mutua o a qualche innominabile criminale, mentre lui preferiva innalzare dal nulla, come un emiro, alte palazzine dove su una delle facciate stampava un simbolo di riconoscimento – il nostro era una specie di rosa dei venti – come fosse uno stemma nobiliare.

In quei fortini, di cui eravamo i padroni, in cui non arrivava nemmeno la puzza della discarica, sfuggivamo a qualsiasi aspettativa. A dispetto della rosa dei venti, in casa mia non c'era nulla con cui orientarsi. Capivo poco degli affari di mio padre, sempre preso da telefonate e riferimenti a luoghi e persone, soprannomi impronunciabili, che non ero chiamato a decifrare. Mi sfuggiva la stessa presenza di mia madre, anche lei disorientata nel suo ruolo di casalinga, dato che la maggior parte delle incombenze venivano affidate a Rafilina. Meno ancora sapevano i miei genitori della mia vita. Gli bastava sapermi di idee progressiste, ben istruito e poco assuefatto alle volgarità del dialetto.

In questo tacito accordo eravamo invincibili.

Secondo mio padre, che in quella terra ci era nato e cresciuto, per godere del privilegio la prima cosa da fare era stare lontano dallo squallore della periferia, anche se erano pur sempre le mie radici. Tutt'al più starsene in alto, nella nostra casa tenuta a lucido da Rafilina, colpita dai venti che ululavano insinuandosi in ogni fessura. Quello che c'era fuori non mi apparteneva, dovevo uscire di casa con gli occhi bassi e rialzarli solo quando scendevo dal vagone del treno che mi portava a Napoli.

Avevo frequentato il liceo in centro subendo il sacrificio di svegliarmi ogni giorno all'alba e farmi sballottare dai mezzi pubblici. Mia madre si offriva di accompagnarmi in macchina solo i primi mesi dell'anno scolastico, poi si innervosiva: «Sei adulto, non hai bisogno dello chauffeur».

Mentre Angelo si svegliava ancora ubriaco di sonno io stavo già attraversando il brulichio della città. Per lui ero un pazzo, e quando me lo diceva provavo una nascosta lusinga. Era fissato con l'ospitalità. Molte volte restavo a dormire da lui. I miei erano tranquilli. Angelo veniva da una famiglia per bene. Mio padre era felice di sapere che avessi un amico in gamba, e mi ripeteva sempre di non perderlo, strizzando l'occhio: «Potrebbe sempre tornarti utile».

L'esuberanza di Angelo finì presto col travolgermi. A scuola facevamo coppia, mi portava in giro come un fratello minore. Nessuna ragazza riusciva a dividerci, e Angelo ne aveva tante. Ero abituato, mentre studiavamo di pomeriggio a casa sua, che ci fosse intorno qualcuna. Le baciava, le stuzzicava, a volte le spogliava davanti a me. Scherzando gli chiedeva di farci vedere una tetta solo per un momento. Il mio imbarazzo era lo stesso che dovevano provare loro. Quando poi le portava in camera, nascondeva il cellulare su una mensola e registrava tutto. Dopo mi lasciava vedere quello che aveva fatto mentre gli finivo la versione di latino. Lui era un narciso, io uno spettatore nato.

I miei non parlavano mai di sesso. Mia madre si è sempre detta contenta di non avere avuto una figlia femmina: «Danno troppi problemi», e sorrideva soddisfatta al suo unico figlio maschio. Mio padre venne solo una volta in camera mia a chiedermi se lì sotto funzionasse tutto a dovere. Io ero dotato di tutte le informazioni per affrontare la questione senza imbarazzo: non ero impreparato. In fondo di cosa si parlava quando si era tutti insieme tra ragazzi? Anche se a conti fatti Angelo vantava più esperienze di tutti, nessuno doveva sfigurare. Persino chi come me viveva un tremendo ritardo aveva sempre qualche aneddoto che somigliava al sesso da riformulare più volte senza perdere di credibilità. Con la virilità non si scherzava. Per farlo bisognava essere tutti d'accordo, abbandonandosi a pacche sul culo o strizzate di palle.

E così l'adolescenza era passata senza attraversare tappe obbligate, riti d'iniziazione. Mentre gli altri cercavano di definire se stessi io mi appoggiavo al carisma del mio migliore amico.

Riuscivo sempre a farla franca. Ero intelligente, a scuola avevo voti alti studiando il minimo. Piacevo agli insegnanti. Puntavano su di me nel loro compito di vestali dei figli della borghesia. E di fatto fui l'unico, dopo il diploma, a passare i test d'ingresso per la facoltà di Medicina.

La mia era una mente allenata sui libri. Mi interessasse o meno quello che studiavo non era importante. A salvarmi era l'abitudine, la certezza di passare il pomeriggio a svolgere equazioni, tradurre dal greco, mandare a mente date e battaglie così da riconfermare durante la lezione con un'alzata di mano che io c'ero, esistevo. Ero il primo della classe e potevo esserlo per sempre.

Per inaugurare l'anno accademico il rettore tenne un

breve discorso di benvenuto. Nell'eleganza del suo completo, con la convinzione incrollabile di un politico in piena campagna elettorale, ci ricordava che se eravamo lì c'era un motivo. Avevamo passato il test. Eravamo i migliori. Ancora una volta. Saremmo presto rientrati anche noi nella gilda dei redditi alti, delle ville al mare, dei matrimoni e figli che avevano caratterizzato la sua generazione. Avremmo giurato nel nome di Ippocrate di lavorare solo ed esclusivamente per la salute della comunità. Avremmo curato le loro ferite, diagnosticato con prudenza malattie, disturbi, decessi, augurandoci in segreto che a noi non capitasse nulla di simile, o almeno il più tardi possibile.

Davo molta importanza alla fortuna, le attribuivo una forma congenita. Non mi spiegavo come mai le sciagure riguardassero sempre gli altri e non me.

Mancava però qualcosa alla mia vita, forse la fortuna era solo un riparo.

Me ne accorsi la volta in cui andammo a far visita a un mio vecchio zio di Cicciano, molto malato. Il suo corpo non ne poteva più di quell'uomo energico che era stato e si stava vendicando a suon di metastasi. In fronte gli si leggeva il conto alla rovescia verso la fine, eppure aveva ancora la fermezza di richiamare a turno i diversi rami della sua famiglia per congedarsi dignitosamente. Seduto al centro del divano, in pigiama, la pelle gialla, il vecchio riconosceva con lucidità tutti i nipoti, e puntando il dito contro ciascuno di loro dava la sua benedizione.

«Aiuta mamma al negozio.»

«Sposati presto presto.»

«Fai tanti soldi.»

Arrivò il mio turno.

Il vecchio esitò, poi spalancò gli occhi e con uno sguardo disperato e voluttuoso disse: «Pierpà!... Goditi la vita!».

Tornai a casa con una fastidiosa sensazione di sgomento. Erano rari i momenti in cui guardavo oltre il mio mondo. Se passavo troppo tempo alla finestra sopraggiungeva una leggera tachicardia, la vista senza ostacoli oltre i tetti e le verande diventava una cappa inquinata che non lasciava vie di fuga, neanche a costruirci un ponte. Forse erano attacchi di panico, ma non avevo mai sentito nessuno verbalizzare le proprie debolezze: in casa Tammaro non esisteva questa possibilità. Bastava tornare a guardare dentro, l'imbattibilità dei miei genitori, le rassicurazioni di mia madre: «Se vuoi studiare in America basta che me lo dici, a mamma, noi ti mandiamo», e tutto tornava come prima.

II

Tutta questa solidità era destinata a cedere.

La prima crepa fu il regalo per i miei diciotto anni: una FIAT Cinquecento, ultimo modello, diesel, color panna, uno dei primi affari non riusciti di mio padre.

Il giorno in cui la ritirammo, dopo aver percorso nemmeno un chilometro dalla concessionaria, un ragazzino senza casco scivolò dal suo motorino lanciandolo sul nostro paraurti e, il giorno dopo, uscendo dal meccanico col paraurti nuovo mio padre partì in retromarcia con la portiera aperta che si schiantò nel muro. Nell'abitacolo che sapeva di macchina nuova avvertivo un cattivo presagio.

Con la Cinquecento adesso ero un uomo e potevo attraversare la città senza problemi, coprire ogni distanza, attardarmi a una festa senza dover elemosinare l'ospitalità di Angelo. Avevo imparato a lanciarmi con decisione negli incroci, a scivolare lungo il tondo di Capodimonte, a pattinare sulla salita del Policlinico Vecchio.

Con la flessibilità degli orari universitari Angelo e i suoi amici sperimentavano una libertà nuova. Erano sempre in giro: interi pomeriggi al Virgiliano, mangiate di pesce al lungomare. Si erano iscritti tutti a Economia, ma alla lontana sede di Monte Sant'Angelo preferivano le aule studio del centro, più vicine alle loro case, alle loro amicizie licea-

... E lì mi trovavano, al piano terra, sempre allo stesso posto, il libro di biologia già costellato di post-it.

Loro aprivano libri e dispense, lavoravano un'ora e poi erano già fuori, alla luce del sole, lasciando i posti occupati e ritrovando, al loro ritorno, i libri accatastati malamente con un bigliettino pieno di insulti infilato tra le pagine. Era difficile resistergli. Così anche per me, finito di studiare, l'obiettivo della giornata era salire sulla terrazza di Angelo, al settimo piano, circondata da un pergolato enorme dove nidificavano i gabbiani all'ombra della cupola di una chiesa di cui nessuno sapeva il nome.

Buttando l'occhio più in basso, si riconoscevano le installazioni del museo MADRE. Le feste che dava Angelo lì su erano di tendenza. Arrivava così tanta gente da intasare le scale e i ballatoi del palazzo. Più volte qualcuno chiamò i carabinieri, con i quali trattava sua madre, contenta di fare anche lei in qualche modo la sua parte. All'ombra della cupola – io, Angelo, Lollo, Jacopo, il Cimmino – stesi su una sdraio, l'azzurro stucchevole del cielo che ci si parava di fronte – se non per qualche piccione in picchiata –, eravamo l'espressione esatta della nostra spensieratezza. La conferma di trovarci nel posto giusto.

==Avevo in realtà il sospetto che tutta quella libertà li spaventasse a morte, e il brio che ci teneva insieme, come sono amici gli amici delle sit-com americane, fosse solo un modo per ammortizzare l'impatto con l'età adulta. Eravamo di fatto l'uno gregario dell'altro.== Tornare a casa all'alba e vomitare nel pomeriggio con la testa incastrata nel cesso non aveva nulla di sbagliato nemmeno agli occhi dei nostri genitori, che anzi accorrevano a tenerci la fronte. Le poche volte in cui Angelo schiacciò una pallina di coca sulla sella del motorino stavamo solo godendo quanto il nostro benessere aveva da offrire al momento. Avremmo poi ricoperto le poltrone dei nostri padri, precedute magari da stage a Milano e master a Londra. Avevamo la benedizione dei nostri genitori. L'unica lezione che avevano da darci, quasi un indottrinamento, era: tutto andrà nel verso giusto.

Mio padre m'insegnò come guidare.

Subito dopo pranzo mi portava su una lunga strada di campagna e mi consegnava il volante. Io, per fortuna, imparavo in fretta – Angelo mi aveva già dato i primi rudimenti – così riducevo l'imbarazzo e la frustrazione dei nostri rari momenti padre-figlio, così intimi da rivelare quanto poco ci conoscessimo. Mio padre è sempre stato un uomo concentrato su se stesso, la propria vita lo riempiva a tal punto di soddisfazioni da non essere capace di accogliere quelle degli altri. Quanto a me, gli bastava vedermi in salute e sapere che frequentassi le persone giuste, convinto com'era che a rendermi uomo bastasse una certa forma di determinismo sociale. Perché le tappe da percorrere erano le stesse per tutti, da secoli. «Pierpà, è semplice. Appena vedi che una ci sta, tu, senza nemmeno fartene accorgere, caccialo fuori. Funziona sempre.» Un insegnamento che prima di lui aveva attraversato secoli, sussurrato da maschio a maschio. E i consigli di mio padre, per quanto imbarazzanti, funzionavano nove volte su dieci.

Avere una macchina tutta per sé era immediato viatico di appuntamenti con le ragazze. Angelo, ad esempio, prendeva la sua Audi solo per portare qualcuna nel parcheggio dei campetti da calcio a Fuorigrotta, dopo averla stordita con del vino scadente.

Sulla mia nuova veste d'autista aveva puntato gli occhi Valeria, una di Sociologia. Tra tutti noi dell'aula studio aveva sviluppato una certa curiosità verso quello dalla faccia buona. Mentre la riaccompagnavo a casa, ascoltavo con apprensione i suoi lunghi discorsi che il più delle volte si concludevano con uno sguardo assente, la bocca mezza aperta come aspettasse qualcosa e infine, una sera, le mani a slacciarmi la cintura per regalarmi – io nemmeno ci avrei pensato – un pompino in macchina tra le strade di campagna. Il giorno dopo in aula studio niente sensi di colpa, non pretendeva messaggi della buonanotte né cene fuori. Una situazione invidiabile, secondo Angelo.

Ce n'erano state altre, prima di Valeria. Quasi tutte seconde scelte di Angelo, amiche di amiche di amiche. Ragazze timide e mai brillanti. Si presentavano senza malizia, come se la seduzione non fosse alla loro portata. C'era sempre qualcosa di terribilmente manieristico nei loro gesti, soprattutto nello scatto macchinoso del polso, quando di fronte alla mia riluttanza l'unica risorsa che avevano era una sega stizzita.

Il leggero ritardo che stavo vivendo – ormai di sesso non si parlava più e Angelo aveva smesso di chiamarmi mentre qualcuna gli faceva un pompino – mi tornava comodo eccetto in alcuni momenti, concentrati di solito nei cambi di stagione, come se un nuovo inizio mi mettesse in allarme. Alle prime piogge autunnali che ci sorprendevano goffi nell'uso dell'ombrello, un nuovo sgomento mi abbatteva simile a un'influenza stagionale.

«Devi farti una chiavata e basta» era il consiglio di Angelo.

Da vero uomo mi presentai senza preavviso ai cancelli della villa di Valeria. La aspettai in macchina, mentre due grossi cani saettavano dietro le sbarre. Ero eccitato sì, più dalla mia intraprendenza che da altro.

Valeria indossava dei jeans chiari. Aveva un odore caldo e i capelli elettrici, di chi si è appena sottratta dalle mani di un parrucchiere. Usai il metodo di Angelo. Tirai fuori una bottiglia di vino col turacciolo di plastica. Era imbevibile ma a noi piaceva perché ti sballava al secondo bicchiere.

«Questo vino fa schifo. Se non mangio qualcosa rischio di svenire.» Gesticolava in modo enfatico, non mi piaceva. Sbucai sul viale Augusto. La strada era illuminata da insegne accecanti, nomi americani segnalavano bar coi tavolini in plastica, pizzerie al taglio dai banconi unti e affollati, kebab e pite che rendevano i marciapiedi scivolosi di maionese. I locali erano aperti tutta la notte, anche in un vuoto lunedì sera come il nostro.

«Non molto panoramica come zona» provai a smorzare lo squallore. Ma Valeria, già mezza ubriaca, si ammutolì. Io non aggiunsi altro, e da lì al parcheggio dei campetti di calcio che mi aveva consigliato Angelo era un passo. Conoscevo la strada: Angelo si era convinto che io fossi un terzino micidiale, costringendomi a partecipare a un torneo di calcio a undici in cui per fortuna dovevo solo marcare pochi metri di campo mentre lui scattava sulla fascia e segnava dalle punizioni.

Con i baci però ci sapevo fare. Le afferrai con un gesto sicuro la testa. Avrei potuto massaggiarle i capelli per ore. Poi Valeria montò sulle mie ginocchia. Non vedevo più nulla. Sentivo solo il tonfo dei calci al pallone che veniva dai campetti. Valeria si era abbassata i jeans. Qualcuno sugli spalti esultò. Il rischio di una denuncia per atti osceni in luogo pubblico mi rese guardingo. L'arbitro fischiava di continuo. Valeria si agitava, eseguendo movimenti decisi. Provai a seguire il consiglio di mio padre ma quando mi abbassai i pantaloni non ero eccitato, solo vulnerabile.

«È c-c-c... non m-m-m...» balbettai. Lo spasmo dalla lingua passò alla gamba. Vistosamente. Tanto da doverla fermare con un colpo secco della mano. Valeria tornò al suo posto. Mentre si riabbottonava la camicetta mi consigliò: «Meglio se ti prendi una bella pausa. Magari ci risentiamo con calma».

III

Mi sentivo sotto osservazione. Speravo che Valeria non avrebbe parlato con nessuno della nostra serata, confidando in un'innata discrezione femminile.

Ma ogni mattina mi svegliavo con un inspiegabile senso di colpa. Avevo chiarito ad Angelo sin dal primo momento che Valeria non era il mio tipo. Quando ci ritrovavamo a parlare di ragazze, esprimevo quasi sempre desideri vaghi. Non ero mai volgare come gli altri. Di solito proponevo un modello piuttosto noioso: capelli chiari, lentiggini, anemia mediterranea – «ma le rosse puzzano!» –, magari con un talento artistico non ben definito. I miei punti di riferimento non erano mai donne eccessive, le pornodive preferite di Angelo o la nostra prof di arte del liceo, ma sempre qualche raffinato personaggio televisivo.

Valeria non rientrava in nessuna di queste categorie. Riccia, mora, con ancora una traccia d'acne giovanile lungo la guancia destra, si poneva come ultima possibilità in qualsiasi elenco di papabili fidanzate. A parere di tutti restava un ottimo banco di prova, una con cui tenersi in allenamento: «Se perdi il ritmo è finita». Ci uscivo solo per ordine di Angelo, perché qualcosa dovevo pur inventarmi per giustificare il mio ritardo. Non si trattava solo di inesperienza. Ricordavo bene la smania con cui avevo cercato lungo il corpo di Valeria qualcosa capace di toccare in un colpo solo tutti e cinque i sensi. Ma nulla mi era sembrato tangibile. Diedi la colpa alla dimensione ridotta delle sue tette.

Non ritenni necessario risentirla. Stavo meglio senza. Intanto ritrovavo la fiducia in me stesso grazie a serrati ritmi di lavoro, ore e ore chiuso in camera a studiare. Avevo abbandonato, in vista di un esame imminente, la confusione delle aule studio.

Quando decidevo che l'eremitaggio era stato sufficiente, tornavo in superficie e raggiungevo Angelo e gli altri sulla sua terrazza.

Finché c'era bel tempo Paula portava lì la cena. Mangiavamo sul tavolino da ping pong, tra una partita e l'altra. Passata mezzanotte si usciva in macchina diretti in uno dei locali che andava per la maggiore. Angelo aveva sempre un tavolo riservato, al quale contribuivamo con una cifra simbolica.

A pensarci era una fatica non da poco aspettare ore in macchina nel traffico che intasava via Coroglio, trovare parcheggio, farsi largo in una fauna eterogenea di corpi sudati, già alticci, spesso rissosi. Eppure nulla sembrava dissuaderci, nemmeno il brutto tempo. Seguivamo un rituale preciso, forti della gregarietà di essere maschi tra maschi, dove non c'era spazio per l'intimità, per esporre incertezze di fronte alle quali gli altri avrebbero comunque reagito con una generica forma di incoraggiamento. Su Valeria erano tutti d'accordo, avrei dovuto continuare a farmela finché non trovavo di meglio.

L'unico tra gli amici di Angelo che sembrava condividere il mio disappunto per lei era Francesco, un suo nuovo compagno d'università.

Con lui parlavo spesso. Aveva un'aria verginale: la bocca larga e gli occhi bovini esprimevano un forte senso di intimità ma il suo naso grande e la risata di petto erano il segnale di una semplicità che correva il rischio di sconfinare con la pochezza.

«È un grande...» riassumeva Angelo quando gli parlavo con entusiasmo di questa nuova amicizia che subito aveva messo radici sincere.

Parlavamo di tutto. Lui del suo bisogno patologico di trovare al più presto una nuova fidanzata, e io di quanto trovassi imbarazzante Valeria, e che in realtà cercavo altro, senza specificare cosa.

Una volta, usciti dall'aula studio, invece di unirci tutti da Angelo, Francesco mi chiese di seguirlo, solo, a casa sua. Viveva in un appartamento vuoto, in un parco residenziale degli anni Settanta, con sua madre, che era fuori per lavoro tutto il giorno. Tornava dall'atelier la sera, stanca, e riscaldava la cena che i suoi genitori, una coppia di anziani che viveva nell'appartamento di fronte, le avevano preparato. Come stavamo facendo anche noi adesso, mangiando su una tavola non apparecchiata due focacce riscaldate al microonde. La casa aveva pochi arredi. La dispensa quasi vuota se non per merendine e succhi di frutta con le cannucce. Appena entrati in casa, Francesco aveva messo un grosso paio di pantofole che lo rendevano buffo, un gigante buono.

«Non so cos'altro offrirti. Di solito mangio dai nonni. È lì che abbiamo tutto.»

«Un caffè riesci a farlo?»

Tirò fuori dalla credenza diversi modelli di moka: «Questa è buona seconde te?». Ci mise un po' a trovare il macinato. Dosò a lungo l'acqua e riempì il colino con cura chirurgica.

«Valeria ieri per fortuna non è venuta.»

Francesco sorrise, mi piaceva l'immediatezza delle sue reazioni.

«Ma perché insisti tanto se non ti piace?» mi chiese, come un'ovvietà che lo annoiava. «Dopo un po' le ragazze stancano.»

Passammo il resto del tempo seduti su due grossi divani. Nell'angolo della stanza stava ripiegato un tapis roulant. Francesco teneva le gambe rannicchiate, ma era comunque enorme. La testa gli ciondolava come quella di un animale da stalla.

«In questa casa mi sento solo come un cane» disse all'improvviso, dopo essersi massaggiato il collo più volte.

In tv davano una partita di tennis. Ricordo la concentrazione del tennista, lo sguardo basso, determinato. Era la stessa concentrazione che mi stava sfibrando i nervi, per mantenere la posizione e non fare passi falsi. Pesava su di noi il perché avessimo preferito quella casa spoglia e triste alla terrazza di Angelo. Voleva mostrarmi qualcosa? Perché non prendeva l'iniziativa invece di stare fermo, abbracciato al cuscino del divano?

Finito l'ultimo set feci io la prima mossa: «Usciamo? Angelo che fa stasera?».

Francesco mi guardò sollevato. Scattò in piedi e andò a farsi una doccia.

La serata prese una piega diversa. Andammo in giro in macchina. Ci infilammo nella lunga cordata di fanalini che illuminava via Caracciolo e, non trovando parcheggio, ci ritirammo sulle curve di via Manzoni a mangiare pesce fresco sul cofano delle nostre macchine. Angelo non smetteva di sorprendersi per la quantità di condimento. Rituffavo i miei spaghetti nell'olio e aspettavo il momento in cui saremmo rientrati. Di nuovo nell'abitacolo della mia Cinquecento, Francesco era distratto, si era divertito lasciandosi alle spalle la mestizia del pomeriggio. E come in un'interferenza, all'improvviso se ne venne fuori con una domanda sgradevole, aggressiva: «Ma tu alla fine Valeria te la sei fatta oppure no?».

Come ogni domanda sul sesso mi colse impreparato.

Quella volta risposi con una sconcertata alzata di spalle, il che poteva voler dire "certo che me la sono fatta", ma anche "certo che no, che domande fai". Il sesso per me restava un affare complicato. Non ero abituato – nessuno me l'aveva insegnato – a seguire impulsi che fossero miei e non di tutti. Nessuno dei miei amici aveva speso il tempo che ho speso io a domandarsi chi dovessero essere. Lo sapevano già. Lo provavano in casa e fuori casa, sui campi da calcio o in sella al motorino, durante le estati intorno a un falò.

Il sesso, se per gli altri era un impulso che aveva il diritto di non definirsi, per me era una legge del desiderio già scritta, cui obbedire senza entusiasmo. Chissà se, a mia insaputa, lanciavo già segnali nell'universo, come un satellite in avanscoperta, in attesa di un indizio che confermasse la realtà dei miei istinti. Sapevo riconoscere la seduzione – guardare per essere guardato –, il tocco ripetuto di certe occhiate, l'insistenza irragionevole che mi spingeva a rompere ogni prossemica. Sguardi irruenti che attraversavano lo scompartimento del treno, saettavano dall'alto di un vicolo, sulle soglie di un portone, uomini che mi si affiancavano per alcuni metri durante una passeggiata a via Toledo – ma quando deviavano in un passo incerto tra la folla, in un tampinamento per le strade, fuggivo via senza aria, come quando ci si sveglia da un sogno soffocante a furia di gesti convulsi.

Nei vagoni caldi e affollati alle prime ore del giorno capitava che qualcuno infilasse le mani nelle borse. Incastrato tra i corpi sentii una volta scivolare una mano nelle tasche larghe dei miei brutti jeans a vita bassa. Mi lasciai andare senza ritegno a quel tocco, ricordo ancora adesso i movimenti della mano che affondava e risaliva nella tasca e la vergogna quando quella sorta di fantasia, più simile a un'allucinazione, veniva cancellata dall'allarme delle donne che gridavano «le borse, attente alle borse!», mentre il ladro scompariva veloce tra la folla.

Capitava anche che soggetti insospettabili, spesso uomini anziani, a un minimo sguardo allungassero le mani anche nell'ascensore, o appoggiassero con un'impercettibile spinta il bacino proprio sulla tua mano fino a un momento prima inerme e ora focolaio di percezioni, il più delle volte indecifrabili – mi stanno rapinando ancora? Sul serio questo vecchio che puzza di pipì mi sta toccando? Può succedere anche a me? – salvo poi uscire alla luce, fare pochi passi e dimenticarsene come una cosa da nulla.

Il dato reale arrivò invece una mattina, dopo aver fatto colazione, le caviglie infreddolite che sbucavano dal pigiama mentre mi decidevo sul da farsi guardando il telegiornale delle nove. Riallacciando i ricordi di quel pomeriggio a casa di Francesco, l'immagine di lui seduto sul divano, in una posa domestica, simile alla mia in quel momento, arrivò così chiara, incontrovertibile, una rivelazione. Mi rizzai a sedere preoccupato, guardandomi attorno. *C'è nessuno?*

IV

Era partita una caccia agli indizi.

In biblioteca allungavo il piede sotto il tavolo, nei nostri rientri in macchina scalavo le marce stando attento a sfiorare col dorso della mano il suo ginocchio. Costava una fatica non da poco. La frustrazione, mischiata a una certa morbosità, a volte mi dava le vertigini.

Collezionavo segreti momenti di tenerezza: quando mi strinse la mano per farci largo in un locale, la volta in cui si offrì di sentirmi ripetere il primo modulo di genetica per una prova intercorso imminente. Non mi parlava più di ragazze. Gli bastava la mia compagnia. Oramai ci presentavamo in giro sempre in coppia. Io riscoprivo una vitalità a me sconosciuta. Ero diventato un animale notturno. Le serate del venerdì diventarono un'abitudine. All'ingresso non temevo più che il buttafuori mi dicesse: no, tu no. Di quel basso edonismo, fatto di ragazzini che puntavano le mani in alto in attesa che i subwoofer sconquassassero loro il petto, mi stancavo ben presto. In realtà il momento della serata che preferivo era quando ci lasciavamo il locale alle spalle. I suoni ovattati della serata ancora in corso, la ghiaia sotto i nostri piedi che si dirigevano al parcheggio. Francesco faceva sempre in modo che io capitassi in macchina con lui. Era contento di riaccompagnarmi a casa, gli piaceva guidare lungo la circonvallazione e non temeva le buche che costellavano la strada. A volte, troppo presi dal nostro confessarci, ci attardavamo in macchina fino all'alba. Quando rientravo in casa mia madre correva a riprendermi, pretendeva di sentire l'odore del mio alito. Temeva sempre il peggio, ma io la rassicuravo: «Ci siamo fermati qui sotto a parlare».

«E che tenete da dirvi alle sei di mattina?»

Sottratto dall'influenza di Angelo imparavo una nuova forma di appartenenza. Francesco abitava poco lontano dalla zona ospedaliera e a volte, dopo le lezioni, lo raggiungevo a casa sua. Era molto meglio delle aule studio, confermò. Il mio metodo rigoroso lo aiutava a concentrarsi. In due stanze separate passavamo i pomeriggi a studiare. In realtà io passavo la maggior parte del tempo a metabolizzare una felicità inspiegabile che non mi faceva concentrare e che reprimevo in una forma di adorazione verso di lui e tutto quello che lo riguardava.

Ma non era sufficiente. Avevo bisogno di una prova inconfutabile.

Una sera, a casa di Angelo, andai oltre.

Avevamo mangiato tanto, a cena. Sua madre ci teneva all'ospitalità. Più volte l'avevo sentita dire che con gli amici suo figlio non avrebbe mai fatto la figura del morto di fame. Francesco era crollato su una sdraio mentre io e Angelo disputavamo la rivincita al tavolo del ping pong.

«Te la do vinta. Sto scoppiando» dissi e mi lanciai sulla sdraio accanto.

«Che fradici. Vado giù a prendere un'altra racchetta.» Si prevedeva un torneo.

Con la digestione in corso il mio corpo rischiava di impazzire, il sangue pompava ovunque. Francesco sembrava non respirare, aveva sfilato le scarpe, tenendo i piedi penzoloni, i calzini a righe. Dalla strada, molto più in basso, risalivano l'eco dei motori, grida confuse di ragazzini che giocavano con il pallone a notte fonda. L'aria era umida. A movimenti impercettibili allungai una mano sul suo fianco. Un tocco semplice, che definisce una presenza senza dichiararla. Piano la feci scivolare giù nella sua. La teneva inerme col palmo rivolto all'insù, come in attesa di qualcosa. In apnea, aspettavo ancora una volta il segnale per tornare a galla. A una mia leggera pressione fece seguito una specie di spasmo dal suo palmo. Ma chi può dirlo. Infilai le dita tre le sue ma non appena Angelo risalì ritirammo subito le mani. Ci raggiunsero gli altri. Jacopo portò molta erba e finimmo la serata a seguire i discorsi sconclusionati di Angelo. Il tempo di riacquistare lucidità e ognuno, a turno, lasciava la terrazza.

Il ritorno a casa fu dolce. Il silenzio che ci concedemmo in macchina, dopo la serata da Angelo, creò un'intimità nuova.

La città era deserta. Le campagne ai lati della provinciale mandavano ombre oscure di brutte palazzine. Avrei voluto che quel tragitto durasse per sempre ma il vecchio acquedotto a forma di fungo segnava inesorabile l'ingresso nel mio quartiere. Per rientrare nel vialetto c'era da fare una complicata manovra, che Francesco eseguiva con facilità, era di casa.

Spense il motore ma nessuno si mosse. Si attaccò alla manopola dello stereo. Non capivo cosa lo trattenesse, se in viso avesse una smorfia di fastidio o di imbarazzo.

Non ho mai avuto un grande carisma, ma sapevo che certe occasioni non si ripetono spesso. Avrei potuto afferrarlo per il collo, infilargli senza ritegno la lingua nella bocca, ma senza avere la prova che una naturalezza simile potesse esistere tutto ciò non era pensabile. Non conoscendo il mondo, diffidavo degli istinti, non potevo tuffarmi se non avevo la certezza che qualcuno l'avesse fatto prima di me senza rompersi la testa.

«Devo dirti una cosa» cominciò.

«Ti va di salire?» gli chiesi.
«Ma non è tardi?»
«Ci mettiamo in terrazza, nessuno ci sente.»
«Va bene» accettò, «però parliamo.»
Ci stavamo sfilando le cinture di sicurezza quando una luce abbagliante inondò l'abitacolo, costringendoci a nasconderci. Un'auto ci superò veloce piazzandosi in malo modo nel vialetto. Le luci delle case si accesero a intermittenza, una dopo l'altra.
«Gesù» esclamò Francesco, «le guardie.»
«Saranno venuti a recuperare qualche auto rubata» dissi per tranquillizzarlo. Ma lui aveva già acceso il motore, come se temesse una denuncia.
Quando vidi il portone della nostra palazzina spalancato e una gran ressa all'ingresso, iniziai a preoccuparmi.
«È meglio se me ne vado» disse.
«Grazie per il passaggio.»
Dai balconi gli inquilini si sporgevano dalle ringhiere. Qualcuno chiamava da un piano all'altro. Guardavano in basso. Ci avevano scoperto. Non feci in tempo a uscire dalla macchina che un carabiniere si fece avanti baldanzoso: «Lei chi è? Abita qui?» e un'altra serie di domande minacciose a cui non riuscii a rispondere. Cosa dovevo fare? Alzare le mani per mostrarmi innocente? Inebetito rimasi fermo, mi guardavo in giro in cerca di aiuto. «È il figlio, è il figlio, fatelo salire!» gridò Rafilina che abitava al piano terra e, in quanto nostra domestica, si atteggiava anche a portiera del palazzo.
Tenevo in alto le chiavi di casa a dimostrare la mia appartenenza a quel posto ma il carabiniere rimasto di guardia alla volante allungò il braccio all'altezza del mio petto: non potevo passare oltre. Mi voltai, Francesco era partito in retromarcia, abbandonando la scena. Poteva aspettare, di sicuro i carabinieri erano lì perché qualcuno dei nostri inquilini in chissà quale guaio si era cacciato. Invece a sbu-

care dal portone, scortato da un altro carabiniere, fu mio padre. La statura piccola, in pantaloncini e vecchi mocassini scalcagnati. Zoppicava, teneva le mani nascoste sotto una vecchia felpa.

«Pierpà, è tutto a posto, va' a dormire!» gridò.

Aveva la faccia rossa, a rischio d'infarto.

Lo scortarono verso la macchina dove lo fecero entrare tenendogli la testa come avevo sempre visto nei film. Seguii il suo ordine e risalii veloce le scale. Qualcuno alle mie spalle sussurrò: «Alle cinque di mattina, come un vero criminale!».

Parte seconda

I

Nelle ore che seguirono il blitz dei carabinieri il mio compito fu quello di stare in casa a fare la guardia come un cane in attesa della scampanellata di Rafilina. Quando arrivò, per prima cosa spalancò porte e finestre. Creava una corrente d'aria da far sbattere le porte con tale violenza che le chiavi saltavano dalle serrature. Mentre passava lo straccio io mi trasferii in terrazza, appollaiato nell'angolo più esposto a guardare in basso, concentrato come un falco. Ma era tutta energia sprecata. Com'era fatta un'aula giudiziaria? Chi avrebbe difeso mio padre? L'immagine di lui in manette era grottesca, cinematografica. Ai miei sforzi mancava una grossa dose di realtà. Rafilina tra una faccenda e l'altra si inginocchiava davanti alla statua della Madonna di Pompei a sgranare un rosario. Avrei dovuto pregare anch'io? Dall'altra parte del quartiere zia Rosa preparava, come tutti gli anni in occasione della festa patronale, un pranzo micidiale per tutti i parenti. Dovevo parteciparvi anch'io? Tutti si industriavano a che quella giornata passasse mentre io non sapevo fare altro che guardare nel vuoto.

Nel giro di una notte si erano accavallati eventi troppo grandi, una combinazione sadica che la mia mente non riusciva a elaborare. Francesco era sul punto di svelarsi, lo suggerivano la sua voce bassa, il buio della campagna, il delicato clangore della cintura di sicurezza che aveva slacciato quando si era deciso a venire sulla terrazza, da me. E il minuto dopo non c'era più. E il peso delle palazzine, le facce brutte dei condomini, la voce ferma di mia madre mi avevano intrappolato di nuovo.

Andai in bagno e mi masturbai alla svelta. Nelle mie fantasie il corpo di Francesco assumeva una tangibilità aumentata. Se pensavo alla forma del suo braccio, questa si ingrandiva a dismisura fino a sopraffarmi. Poi tirai lo sciacquone, attento a cancellare ogni traccia di sporco. Era una tale abitudine che io non riuscivo a farlo se non sulla tazza, mentre i miei amici erano capaci di masturbarsi ovunque, in gruppo davanti allo schermo del computer, a letto, ammucchiando nei cassetti fazzoletti sporchi che poi le madri o le signore delle pulizie buttavano via in un unico gesto schifato. A me non era permesso sporcare. Mai come in quei giorni la casa doveva prendere aria, portare via l'onta e il pericolo. Rafilina passava con insolito accanimento lo straccio sui pavimenti, lucidava l'argenteria e le bomboniere custodite negli armadi dalle ante di vetro opaco.

Ancora in bagno, riempii la vasca d'acqua calda. L'immersione era un processo lento. Prima la punta del piede. Strinsi i denti e con le mani attorno alla caviglia intrappolai il piede nell'acqua bollente, reprimendo l'istinto di tirarlo via. Una volta immersi tutti e due i piedi, restai all'erta nella vasca come un fenicottero. E con la stessa eleganza animale mi accucciai piano. Prima i testicoli, poi il sedere, fino all'ultimo passaggio, quello finale. Rilasciai i muscoli tesi abbandonandomi sulla schiena, l'acqua che lambiva ogni parte del mio corpo, la condensa che appannava i vetri e scorreva in goccioline lungo le maioliche della parete. Il vapore si mischiò al sudore, l'acqua era davvero troppo calda, i pori e i vasi sanguigni si dilatarono. Rischiai quasi di svenire.

A pranzo fui costretto a presentarmi da zia Rosa.

La sua casa era uno dei tanti regali di mio padre, nonché ultimo tentativo dei costruttori locali di spremere i pochi spazi rimasti. Di fatto era stata ricavata da un interrato per box auto, ma con la giusta pendenza evitavano allagamenti d'inverno e d'estate sottoterra non si soffriva il caldo. Almeno così se la raccontava zia Rosa.

Mi accolse in una nuvola di arrosto, nel cortile sghembo ai cui angoli si accumulavano i Super Santos dei nipotini. «Come stai magro! Vieni, abbiamo appena cominciato.»

Presidiavano la tavolata più di quindici persone. A gestire l'ordine delle portate giravano solo donne. Gli uomini maledicevano la telecronaca e controllavano le quote delle loro scommesse. I bambini si ammucchiavano sul piccolo divano in un angolo e chiedevano Coca-Cola. Sul tavolo c'erano contorni in abbondanza, al centro in una teglia in alluminio la specialità del giorno: carciofi arrostiti.

Qualcuno mi gridò: «Mangia, mangia, Pierpà, mangia!».

«Quello è discreto, lasciatelo stare» intervenne zia Rosa in mio soccorso.

A fare la sua parte si aggiunse zio Michele. Mi mise una mano sulla spalla, e nella confusione generale mi disse all'orecchio, con fare serio, di persona informata sui fatti: «Tuo padre non c'entra. Qualcuno l'ha costretto. Pasquale è in gamba, vedi che stasera torna già a casa».

«L'ingegnere» intervenne zia Rosa, «lui è stato. Voleva sistemare il nipote laureato, l'ar-chi-tet-to. Eh già, Pasquale metteva a lui a fare i progetti.»

«Ma che ne sai tu, perché non ti stai mai zitta?»

«Poi ti faccio vedere se ho ragione.»

«Mangia Pierpà, mangia, non la stare a sentire» concluse sempre sottovoce, riempiendomi il piatto con una mozzarella gommosa.

A queste abbuffate io non avevo mai preso parte. Non dovevamo mischiarci a loro. Di stampo matriarcale, il nostro parentado si componeva di uomini che avevano fatto dell'inettitudine una scelta di vita. Le donne avevano il controllo della situazione, nel privato e nel pubblico. Frequentatrici costanti del mercato rionale, erano a conoscenza di tutto quanto accadeva nel quartiere. E da buone disciplinatrici erano capaci di presentarsi nelle case delle persone incriminate a rendere conto di quanto si diceva.

Il quartiere era spaccato in due, ma le mie zie, e anche Rafilina, non avrebbero fermato la loro opera di proselitismo tra le panche della chiesa e i banchi del mercato. Mio padre restava per loro l'unico uomo capace di emanciparsi dalla mandria, di distinguersi. Era molto ben voluto. Se qualcuno aveva bisogno era sempre pronto a prestare soldi, elargire favori. Anche solo a dare consigli, come una sorta di rabbino. Amava fare regali, dimostrare che, fra tutti loro, era stato l'unico a farcela. Prima delle palazzine, mattonella dopo mattonella, come un imperatore ottomano, aveva piastrellato bagni, giardini, la scuola media e anche un intero villaggio vacanze in Albania. La Edil Tammaro dava lavoro a parecchi dipendenti (di cui solo un paio in nero). Mio padre si godeva una certa dose di rispettabilità.

Nel quartiere lo conoscevano in tanti. Quando mi accompagnava in macchina erano imbarazzanti le volte in cui sporgeva il braccio oltre il finestrino per salutare qualcuno, dal fruttivendolo all'assessore. Aveva declinato tutta la sua intelligenza solo per fare soldi. Ma come dargli torto. Era così facile distinguersi in un quartiere abitato da uomini e donne che ancora vivevano di espedienti, sussidi statali, piccoli lavori impiegatizi. Quante volte l'ho visto trattare con una confidenza invidiabile sul prezzo di qualsiasi cosa, dalla mia PlayStation ai materassi nuovi ordinati da mia madre. Era grazie al suo intuito che era diventato quello che era. Considerato come una divinità, un personaggio pubblico, non poteva girare a piedi che chiunque ne approfittava per fermarlo e chiedergli qualcosa, anche solo una soffiata sulle nuove costruzioni: «Tengo a mia figlia che si sta per sposare, quando li finite quegli appartamenti dietro l'acquedotto?».

Non si dava arie. Millantava una militanza giovanile nel PCI, e tuttora manteneva uno stile contenuto nel vestire, nel comportarsi, molto lontano dagli esibizionismi degli altri costruttori, grassi fumatori coi capelli lunghi, le dita inanellate e le camicie sbottonate. In questa umiltà spesso confessava la sua vera ambizione: «un bell'agriturismo in Toscana, dove passare la vecchiaia con tua madre, in mezzo alla natura a lavorare la terra come faceva tuo nonno, mentre a te, ti mandiamo in America, sei contento? Intanto» mi spiegava, «ci tocca stare tra questa gente».

Da ragazzino capitava che lo accompagnassi nei suoi giri in macchina, ad aspettarlo mentre vagava tra le impalcature di un nuovo cantiere. Una volta mi fece tenere in mano un malloppo di euro in contanti, mai visti tutti insieme, fasci di cinquecento euro rilegati come una vecchia e grossa bibbia che consegnava a uomini sempre diversi nel retro dei cantieri, accanto ai bagni degli operai ricavati con vecchie lamiere. A sua volta riceveva spesso regali inaspettati: un cartone umidiccio contenente un capretto scuoiato per Pasqua, orologi costosi, ceste di frutta, canarini di razza che popolavano il suo mini-allevamento sul terrazzo. Sacrificava molto per le sue ambizioni. Non solo i momenti in famiglia – preferiva passare le giornate di riposo stravaccato sul divano o al palazzetto dello sport per assistere alle partite della squadra di basket che aveva comprato per pochi soldi – ma soprattutto le amicizie. Non ne aveva nessuna. Non ospitavamo mai, nonostante le dimensioni del nostro terrazzo. Ci proteggeva, forse.

L'unico che veniva a farci visita era l'ingegnere. Un uomo basso, dai baffi bianchi, all'apparenza innocuo che passava a casa nostra per un caffè di cortesia ogni domenica. Spiccicava con noi poche parole, salvo poi chiudersi per ore nella stanza che mio padre aveva adibito a suo studio personale. Le sue perizie erano preziose, bastava una sua firma per avere i giusti permessi. Viveva, a quanto diceva zia Rosa, ancora con sua madre, una vecchia intrattabile. A volte tirava fuori dalle tasche una manciata di caramelle Rossana per me.

La sua compagnia non era gradita a mia madre, che non aveva tempo per intrattenerlo. Allora preparavo io il caffè, lo bevevamo in silenzio dai bicchierini di plastica. Mi piaceva la sua presenza, come un nonno o uno zio che non avevo mai avuto. E anche adesso che l'odio di zia Rosa si stava scagliando contro di lui, adesso che era diventato l'infame, l'uomo di merda, lo strozzino, anche se aveva disonorato in qualche modo il nome di mio padre, non mi veniva di prendermela con lui, era troppo facile seguire la voce del gregge, di zia Rosa, del quartiere, neanche mio padre avrebbe condiviso quel disappunto. E io, nonostante tutto, continuavo a fidarmi ancora ciecamente di lui.

Zio Michele, ormai ubriaco, rideva a bocca aperta mostrando una pappetta di pane sulla lingua quando dalla strada arrivò il trombettare stonato della banda. Come un allarme antiaereo, tutte le donne della tavolata scattarono in piedi, si ripulirono le bocche, mandarono giù l'ultimo sorso di vino e, tutte in pantofole, si spinsero sulla soglia per uscire in strada.

Il corteo avanzava lento. In prima fila, con tanto di fascia, il sindaco. A seguire, la madre superiora delle carmelitane, che reggeva a tracolla la cassa delle offerte. Qualcuno si tuffava in prima fila e infilava una busta segnandosi a più riprese il volto con la mano dopo aver sfiorato appena il gesso di Cristo poggiato sul cataletto. Parecchi volti erano commossi. Coriandoli, fuochi d'artificio, ave maria salmodiate a mezza voce, gente affacciata ai balconi pronta a spargere stelle filanti.

Di solito assistevo alla processione dall'alto di casa nostra. La festa, come il resto delle attività del quartiere, non mi apparteneva. La celebrazione in questo caso non riguardava nemmeno la figura di un santo specifico, legato al territorio: si venerava solo una brutta scultura del Cristo in nome di un culto minore che chissà perché nel nostro quartiere era così sentito. In occasioni simili a volte mio padre portava a casa un pesce rosso o una tartarughina che quasi sempre morivano nel giro di poche settimane

La banda suonava. Mi voltai verso zia Rosa. Aveva gli occhi lucidi. Mi si avvicinò e mi disse all'orecchio: «Mi ha chiamato mamma. Hanno trovate le carte. Avevo ragione io, Pierpà, indovina dove stavano?».

«Ma quali carte?»

«Tuo padre così le chiama. Hai capito dove l'hanno trovate, o no?»

«Dall'ingegnere?»

«E bravo! Quell'imbecille gliel'ha lasciate belle belle sul tavolo. Manco a bruciarle è capace. Mo si fa minimo dieci anni. Papà tuo niente, stasera torna a casa» disse e si lanciò nella processione verso il cataletto, a passi decisi, per lasciare al Cristo un bacio sui piedi in vetroresina.

II

«C'hanno scoperto.» Con questa formula mio padre assolveva quei giorni che ci avevano stravolti. Quel *noi* mi fece sentire adulto, partecipe. Chiesi: «Come hanno fatto?». Mio padre non rispose, guardò fuori della finestra, poi tenne in alto il suo cellulare: «Lo tenevano sotto controllo».

«L'ingegnere è furbo, veniva sempre qua a parlare» disse mia madre indispettita.

«Gli inciuci lasciamoli a Rosa» la richiamò mio padre, zittendola. «L'importante è che stiamo bene noi. Facciamo passare un po' di tempo e tutto torna come prima, vi dovete solo abituare a tenermi di più in casa, se non disturbo. Ogni tanto verranno i carabinieri per i controlli, ma è una formalità.»

«E poi?»

«Eh Pierpà, e poi ci sarà il processo... se ci arriviamo» rise.

«Ma noi possiamo uscire?» chiesi.

Mio padre mi sorrise, mi confermavo ai suoi occhi un bambino ingenuo. «Pierpà, tu continua a fare quello che devi fare e stai tranquillo.»

Le sue parole erano credibili, capaci, come sempre, di sollevarti da qualsiasi preoccupazione, anche adesso che eravamo in piena emergenza.

Non avevo dubbi sull'amore tra i miei genitori. Ora che

mio padre era tornato a casa con una condanna agli arresti domiciliari, loro erano più uniti che mai.

Ancora una volta il gene del rimedio, del rapido recupero ripopolava la nostra casa come se quanto successo finora non stesse affatto cambiando le nostre vite.

Mio padre già nei primi giorni cominciò a ingegnarsi su qualsiasi cosa avesse sottomano. Cucinava, lanciando il sale con un gesto teatrale nel sugo, spargendo i granelli sull'acciaio lucido dei fornelli. E mia madre non reagiva, a parte qualche fugace smorfia. Prima di cena, chiudevano porte e finestre e seguivano le lezioni di tango da un cofanetto dvd, uno dei tanti allegati che mia madre prendeva in edicola. Ripetevano con una certa costanza solo le prime tre lezioni. Io li guardavo imbarazzato, mentre facevo da supporto tecnico con il telecomando tra le mani.

L'unico modo in cui mi includevano era una pacca sulla spalla di mio padre che attendeva i miei commenti sul suo primo gancio, e il sorriso accudente di mia madre.

Mio padre sentiva forse l'esigenza di recuperare la fiducia di sua moglie, ché quella del figlio la dava per scontata, o la mia indifferenza cosmica non lo preoccupava. Forse era solo impegnato a non cedere, perché sapeva quanto pericolose fossero le debolezze. Lui che a casa non riusciva a trattenersi per più di un'ora, adesso non poteva nemmeno uscire per portare la spazzatura. Ma verbalizzare metteva solo al mondo problemi e mio padre era già partito al contrattacco.

Io però dovevo pur parlarne a qualcuno.

Trovai il coraggio di chiamare Angelo. Rispose con la sua voce spensierata.

«Tu non puoi capire come funzionano le cose qui. Mio padre è finito in un casino senza nemmeno accorgersene... forse ci sarà un processo ma adesso non saprei dirti molto altro.»

Angelo ammutolì. Non fece nessuna domanda. Erava-

mo ancora bambini e quello restava un discorso da adulti. Prima di riattaccare, a occhi chiusi, trovai la forza di chiedergli: «Francesco? Sai che fine ha fatto?».
«Non si fa vedere più. Fa sempre così quando esce con qualcuna.»
«Perché, con chi sta uscendo adesso?»
«Con Valeria.»
«Ah.»
«Non lo sapevi? Vabbè a te non è mai piaciuta, o no?»
«No, infatti. Ciao Angelo.»
«Ciao Pierpà. Ci sentiamo presto.»

Francesco e Valeria: avevo avuto conferma, ancora una volta, che la vita vera si svolgeva a mia insaputa.
Ero sconvolto. Non sapevo da chi sentirmi tradito: se da Francesco, che in un colpo solo mi aveva voltato le spalle, o forse da me stesso, che avevo sprecato tutte le mie forze in una stupida fantasia. La realtà dei fatti, lui e lei, ragazzo e ragazza, era tanto evidente quanto brutale. Di tutta quella storia mi rimase solo una fatica immensa che mi costrinse a letto per giorni. Passavo le giornate con la testa incassata tra il materasso e il muro.
«Perché non vai un po' dall'amico tuo? Non ti fa bene stare in casa, guarda che faccia che tieni. Stai troppo magro, sulla salute non si scherza!» Mia madre ci provava ad allontanarmi, ma uno strano senso del dovere non mi lasciava andare. Sopportavo il dolore in silenzio.
A detenere le regole in casa, anche con mio padre ai domiciliari, restava lei. Di giorno continuava a tenere infissi e finestre chiusi. Passava il tempo in cucina a contemplare il nitore dei fornelli che aveva appena lucidato, poi la sera riscaldava una zuppa precotta di cui aveva riempito la dispensa quasi ci fosse un allarme nucleare. Dopo la prima settimana, già stanca del tango, di nuovo sveglia all'alba a svuotare la lavastoviglie, provvide lei a

rassicurarmi su quella nuova e assurda fase della nostra storia familiare.

Una mattina indossò il cappotto Marella, prese la sua carta di credito e disse: «Pierpaolo, oggi io e te usciamo. Quelle scarpe che hai sono da buttare».

Le passeggiate con lei oltre il nostro quartiere di periferia erano un'abitudine che aveva assunto i contorni del rito. Erano le poche occasioni in cui il nostro benessere veniva sancito in pubblico. Lontani dalle parrocchie e dalle invidie, mia madre poteva concedersi il lusso di fare la signora. Poteva finalmente smettere di dare il buon esempio: l'attenzione agli sprechi – tenere le luci spente, scaricare il water con i secchi d'acqua sporca – veniva cancellata dalla spregiudicatezza con cui armeggiava la carta di credito.

Aveva un fiuto da signora di città. Conosceva le boutique giuste, escludeva i megastore e trattava con i commessi da vera cliente. Non indugiava. Sceglieva lei, in un unico gesto, cosa prendere, ignorando le disquisizioni dei commessi sulla provenienza della lana.

Provai diversi modelli di scarpe. Uno stivaletto nero, ottimo contro la pioggia, e uno scarpone elegante, con la punta smussata e basso sulle caviglie. Costava molto di più.

«Quale ti piace? Scegli e basta» intervenne mia madre.

Scelsi quelli più costosi. Alla cassa non esitò a trattare sottovoce, ottenendo venti euro di sconto.

Non uscivamo di casa da due settimane.

Le strade del centro erano prese d'assalto dai primi turisti mentre studenti universitari stavano spiaggiati sotto gli obelischi delle piazze. Venditori ambulanti di calzini e volontari dell'Avis molestavano i passanti. Dalle finestre del conservatorio venivano i tentativi di imbroccare una melodia col violino. Mia madre si è sempre detta contenta di vivere lontano, ma non troppo, dal centro. Pensava che fosse un lusso poter scegliere quando concedersi tutta quella vitalità. Anche lei, come mio padre, non amava esibizionismi. Nascondeva nella sua modestia una cieca fiducia nel successo.

Me ne accorsi con precisione il giorno del test d'ingresso per medicina. Per eventi così importanti mia madre si sentiva in dovere di accompagnarmi in macchina. Ci svegliammo con un netto anticipo. Parlammo poco. Lei non faceva domande, si fidava di me. Non si scompose nemmeno quando trovammo la rampa della superstrada intasata dalle auto in coda. Rischiavamo di fare tardi, poteva costarmi l'annullamento dell'iscrizione. Uscì dall'auto e con le mani a visiera sulla fronte scrutò, come una sfinge, il traffico che non si smuoveva. «Ci sarà stato un incidente.» Avevo solo venti minuti, sentivo le tempie pulsare.

Mia madre ingranò la retromarcia e a gesti decisi e qualche insulto sottovoce riuscì a svicolare dall'ingorgo. Imboccò una stradina di campagna. Era così stretta che in alcuni punti bisognava strombazzare con il clacson per avere la precedenza. «Arriviamo giusto in tempo» disse lei senza tradire alcuna emozione, mentre dopo l'ultima salita sbucammo sul retro del Cardarelli.

Per tutta la durata del test non riuscii a pensare ad altro se non che quel miracolo era avvenuto grazie alla sua volontà, che se mi fossi trovato da solo non ce l'avrei mai fatta. Nessuno si sarebbe intromesso tra me e il futuro che mi meritavo, era questo che suggeriva la posa imponente di mia madre al momento del ritorno. Sapevo di madri ansiose e fanatiche che, pur di vedere i propri figli iscritti alla facoltà di Medicina, li avevano confinati in monasteri isolati dal mondo, pagavano tutor e corsi preparatori, facevano carte false pur di ottenere una raccomandazione, iscrivevano i figli in campus privati in Spagna o in Romania.

Niente di tutto questo passava per la testa di mia madre. Nonostante non facesse mai domande sulla mia vita, e non avesse messo piede nel mio liceo, lei si fidava ciecamente di me, dei miei amici, delle mie scelte. La stessa cosa doveva fare con mio padre, dei cui affari conosceva solo in parte la portata. Eravamo uomini, e agli uomini non si chiede conto di nulla.

Quando ritornammo al parcheggio della stazione i vetri della nostra auto non c'erano più. Brandelli restavano attaccati attorno alle guarnizioni e i frammenti erano sparsi tutto intorno e dentro, sui sedili. Non avevano rubato niente. Secondo mia madre non poteva trattarsi di semplici vandali. Era una vendetta, un avvertimento.

«Dobbiamo stare solo più attenti, adesso» diceva a voce alta, per superare il vento che rimbombava nell'abitacolo. Stavamo seduti in punta, lei aggrappata al volante, io al poggiamano sopra il finestrino, attenti a evitare qualsiasi contatto con le schegge di vetro. A metà strada mi accorsi che mia madre stava piangendo. Lo faceva sempre quando era spaventata. Piangeva in silenzio, senza singhiozzi.

«Non è cambiato niente Pierpà, hai capito. È tutto come prima, solo che dobbiamo fare un po' più d'attenzione. Ma non è cambiato niente.»

Quella notte sognai di nuotare nell'acqua chiarissima di una piscina enorme e, nello slancio che precede le prime bracciate, mi compariva la faccia di mio zio che con voce satanica ripeteva: "Goditi la vita".

Non ero arrabbiato con nessuno. Non sapevo nemmeno giudicare mio padre. Anzi mi sentivo in difetto. Aveva fatto carte false pur di rendermi la vita migliore e io non sapevo ancora come godermela.

III

«Almeno tu, vuoi uscire un po'?»

Questa di mia madre somigliava più a una battuta. Esci, tu che puoi.

Ma il solo pensiero della distanza tra il mio quartiere di periferia e il centro della città, del tondo di Capodimonte da attraversare a rotta di collo, del giallo dei vagoni della metro mi avviliva a tal punto che finivo per restare a casa.

Pochi amici chiamarono. Solo Angelo si sentì in dovere di invitarmi da lui, dove erano fissati tutti i nostri appuntamenti: io che attraversavo la città sfidando i ritardi dei mezzi pubblici e lui che, puntualmente, si faceva trovare ancora a letto. Non avevo voglia di farmi accogliere dalle domande irruenti di sua madre: "A tuo padre non fanno niente se sa come muoversi" mi avrebbe detto, strofinando indice e pollice, "conosco un avvocato, donna, una con le palle...". Poi Angelo si sarebbe svegliato e mi avrebbe guardato sconsolato, perché non sapeva cosa fare di fronte alla mia faccia avvilita.

No. Potevo fare a meno degli amici, e dell'immensa fatica che questa città comportava già solo per raggiungerli.

Ogni tanto capitava che facessi le veci di mio padre in giro per il quartiere. All'inizio temevo ci fosse qualcosa di losco, che venissi usato per portare in giro ambasciate segrete, pacchetti clandestini.

Invece no. La maggior parte delle volte mi toccava passare dal negozio di animali a ritirare il pastoncino per il mini allevamento di canarini. Giuseppe, il proprietario, un quarantenne single dagli occhi da topo, mi tratteneva ogni volta per spiegarmi i guai che gli procurava un furetto femmina – suo ultimo investimento – restia ad accoppiarsi con il suo maschio. I pensionati in piazzetta malignavano su una sua presunta zoofilia e lo prendevano in giro: «Fai prima a metterla incinta tu, Giusé!».

A quel punto io me ne andavo ringraziando con un mezzo inchino e tenendo la testa bassa risalivo il corso principale. Sentivo gli sguardi trattenuti su di me, la scansione istantanea non appena oltrepassavo le affollate soglie dei bar piene di pensionati e sfaccendati che ti riconoscevano all'istante, il figlio di Tammaro, quel ladro, quel cornuto, quello che hanno arrestato alle cinque del mattino come un vero criminale.

Salutavo ogni volta la tabaccaia che vigilava il marito e gli altri commercianti – quello dell'intimo, il macellaio, il casalinghi – che si riunivano per un torneo di tressette improvvisato su un'asse di legno poggiata su due dissuasori di sosta. Spesso incontravo Rafilina, di ritorno dalla sua puntuale visita al cimitero.

Di solito i miei aspettavano il mio rientro nella piena luce del tramonto, sul nostro terrazzo. Se ne stavano appiccicati al muro, come lucertole, lontani dalle occhiate dei vicini. Prendevano aria e assistevano al volo delle colombe.

Tra le verande del nostro vicinato qualcuno aveva ricavato una piccionaia in un abbaino. Ci aveva stipato sei coppie di colombe bianche. Due volte al giorno spalancava il finestrone di metallo e le lasciava libere di volteggiare tra le antenne dei tetti. Compivano un giro largo, sembravano disperdersi, scendendo in picchiata tra un tetto e l'altro, salvo poi ricongiungersi in una volata finale ed entrare a turno, due per volta, nella voliera. E a quel punto anche noi, non appena il finestrone veniva chiuso, rientravamo in casa.

A volte mi trattenevo un po' di più, in attesa della cena. O tornavo sul terrazzo anche a notte fonda, quasi aspettassi un prodigio al di là dei tetti, dietro le chiome dei pini.

Non mi ero mai ritrovato così in sintonia con il mio quartiere. Come se l'irruzione dei carabinieri avesse distrutto la barriera che mi voleva estraneo allo squallore, recluso su una terrazza con solo il cielo a fargli da orizzonte, mentre l'unica cosa reale erano proprio le mansarde, le palazzine, il fruttivendolo ambulante che gracchiava parole incomprensibili da un megafono, lo stradone battuto dal vento. Nel cuore della notte, mentre dagli interrati delle case della 167 si tenevano partite di bingo clandestine – arrivavano voci di donne che gridavano i numeri – tutto quello squallore, di punto in bianco, diventava solo un dettaglio relativo.

Non appena il sole superava le antenne della 167, io infilavo i pantaloncini e andavo a correre. Se l'endorfina circolava a piede libero nel mio corpo non c'era più pericolo per i nervi. In questa cessione di responsabilità, in cui i muscoli avevano la meglio, almeno la testa era salva. Correvo per più di un'ora lungo uno stradone appena asfaltato ma ancora chiuso al traffico. Divideva una delle poche campagne rimaste, costeggiando il cimitero. Nessuno reclamava l'ennesimo spreco di denaro pubblico. La gente del quartiere si riappropriava di una strada chiusa al traffico trasformandola nella pista ciclabile che invano il comune prometteva da anni. Rimaneva però la cattiva abitudine di versare rifiuti tossici ai lati della strada.

«Pigli più diossina che salute» commentava mio padre. Forse aveva ragione. Ma che vivessi nella terra dei fuochi lo sapevo bene: era l'ultima voce dell'elenco di cose negative che sciorinavo la mattina sotto la doccia prima di cominciare una nuova giornata.

Non m'importava. Io cercavo lo schianto, quando il fiato si spezzava e il corpo non aveva più risorse se non adeguarsi a una nuova e faticosa resistenza, i muscoli fuori controllo che si congedavano dalla corsa impazzita in un delicato defaticamento, lo sforzo che risaliva su per la gola in un formicolio della mandibola. E chissà se la mia andatura era davvero quella di un atleta come pensavo o se invece sgambettavo scoordinato.

Avevo abbandonato l'idea di dare esami, rimandandoli alla sessione successiva. Mi prendevo una pausa dall'unica cosa in cui mi riconoscevo da sempre: studiare. Passavo il tempo a guardarmi le gambe, monitoravo il loro diametro che di giorno in giorno diminuiva. Allo specchio, la pancia si assottigliava. Le anche sbucavano dure. Il corpo aveva una sua voce. Dalle sue superfici mi stava dicendo che non c'era nulla di male a lasciarsi indietro pesi inutili, vergogne vane, pensieri inconcludenti. Tutta la storia di Francesco si riduceva a un sospiro amaro. Tra me e lui non era accaduto nulla. Ero libero, anche se non avevo il coraggio di ammetterlo.

Le erbacce ormai avevano divorato come una giungla tropicale metà carreggiata. Nelle macchie di luce lungo le strisce di vegetazione bruciata ai bordi della strada si ammucchiavano sciami d'insetti. Faceva abbastanza caldo per poter correre all'aperto senza scaldamuscoli, calzettoni, attrezzatura che non avrei mai avuto la determinazione di acquistare.

Il fiato reggeva. I muscoli, dopo i primi chilometri, da anchilosati divennero caldi, si sciolsero. La mente era libera. A metà corsa mi ero lasciato dietro le ragnatele della nullafacenza.

Mentre rifacevo il percorso al contrario sbucarono dal fogliame fetente due grossi cani, cui si aggiunse uno più piccolo comparso non so da dove.

Feci l'errore di guardarli negli occhi. Avvertirono subito la mia paura. S'innervosirono e si avvicinarono sospettosi. Io continuavo a correre, più acceleravo più li infastidivo. Uno di loro ringhiò. Saltai il blocco di cemento che impediva l'ingresso, ma quelli trovarono il modo per aggirarlo, conoscevano meglio di me la strada.

Da una delle tante auto parcheggiate si aprì al volo una portiera, un braccio sventolava nella mia direzione. Salii senza pensarci. Chiusi lo sportello. I cani si accalcarono intorno alla macchina mansueti.

«Grazie» riuscii a dire mentre regolavo il respiro. Temevo un crampo al polpaccio. Per le strade poteva succedere di tutto. Eravamo stati educati a diffidare degli estranei, dei ragazzini molesti, borseggiatori e malintenzionati. Nel quartiere girava da sempre una storia di una coppia di rom che rapiva i bambini al supermercato, li portava nei bagni, li rasava e li vestiva con gli stracci, e poi li portava via sotto mentite spoglie. Allo spauracchio degli animali selvaggi, però, non ricorrevano più nemmeno le nostre nonne.

Mi guardai attorno alla ricerca del branco. Al volante c'era un ragazzo in pantaloncini verdi e scarpe bianche. Non lo guardai in viso. L'abitacolo della sua macchina non mi sembrava un luogo così sicuro.

«Io andrei, grazie...»

Ma aveva già messo in moto: «Ti riaccompagno, dove abiti?».

«Qui vicino, ci arrivo a piedi.»

Aveva un'aria compiaciuta, per nulla sorpresa, come se quell'evenienza se la fosse augurata da tempo. La macchina avanzava piano. Avevamo superato la villa per ricevimenti e l'atelier degli abiti da sposa. «Abito alle spalle del cimitero, puoi lasciarmi qui intanto» e con la mano gli indicai dove fermarsi.

«Vi fanno crescere così diffidenti da queste parti? Non sei il primo a farsi lasciare in mezzo a un incrocio. Preferireste essere aggrediti dai cani, piuttosto.» Non era arrabbiato, meglio. Invece di reagire con altrettanta diffidenza, propria di chi non prova alcun interesse, di fronte alla sua leggera insinuazione mi eccitai per la facilità con cui aveva scavalcato ogni convenevole.

«Grazie» dissi, e scesi.

«Attento ai cani.»

Si contavano sulle dita di una mano le volte in cui avevo interagito con la gente del mio quartiere. Non avevo amici lì, e non ne avrei mai avuti.

IV

Bip, bip, fece la stampante. Mio padre aveva appena estratto a forza il toner e lo ispezionava da vicino: «Ce ne vuole uno nuovo». La stampante continuava a suonare. Per farla smettere, si abbassò sotto la scrivania e staccò la spina. Nella sua nuova veste di factotum – era sempre stato convinto di poter riparare tutto, dai ventilatori ai computer – era venuto in mio soccorso. Non potevo negargli l'occasione di rendersi utile e assistevo impotente. Ero tornato sui libri – il semestre era andato – e volevo almeno raccogliere tutti i materiali per tentare magari un ultimo appello. Ma anche la stampante tramava contro di me. Il suo *bip* insistente era un avvertimento, mio padre che trafficava al suo interno una minaccia.

«Pierpà» mi chiamò da sotto la scrivania, «passa all'Auchan e pigliane uno nuovo. Vedi che là lavora ancora Peppe, il fratello di Gino, quello che lavorava...»

Alzai le spalle e uscii di casa senza avere idea di chi fosse il fratello di chi.

La nostra periferia poteva vantare la presenza di diversi centri commerciali.

Una sorta di fiera. Si spingevano fin lì anche famiglie dalla città o dai comuni assiepati lungo uno stradone che saliva e scendeva verso il mare. Quando entrai all'Auchan mi trovai accerchiato da ragazzini che montavano hoverboard psichedelici. Saettavano con eleganza, alternando velocità e derapate gentili, tra mamme che trascinavano carrelli pieni di confezioni di formaggio spalmabile. L'acustica era un'eco continua di voci e cigolii che rimbalzavano su per le vetrate del tetto dove stazionavano i palloncini sfuggiti dalle mani dei bambini. Una fila di promoter convinceva i passanti a sdraiarsi su un materasso in memory, a manovrare un aspirapolvere – per l'occasione avevano pronta della polvere in bustina – o assaggiare nuovi aromi di caffè. Dovevo camminare col petto in fuori per fare presente che non ero interessato a niente. Sapevo la strada.

Appena indirizzai lo sguardo al reparto di informatica riconobbi prima la mia eccitazione poi le sue orecchie grandi. D'istinto assunsi una posizione innocua.

«Sei venuto a trovarmi?»

«N... no» balbettai. Lo guardai in faccia. La stempiatura era evidente, una tempia brillava alla luce dei grossi neon. Appuntato al petto il cartellino con il suo nome: "Saverio".

«Cosa cerchi?»

«Un toner per questa stampante» dissi e gli allungai il post-it dove avevo trascritto il codice del modello.

«Ma non fai prima a comprarne una nuova? Aspetta, controllo in magazzino.»

Mi guardai attorno come se mi aspettassi una folla a celebrare la casualità dell'incontro.

«Non ce l'abbiamo. Ti faccio un ordine. Entro lunedì sta qua.»

«Grazie.»

Mi aggrappai al bancone, indeciso se restare o andare via, come un gatto che faccia le fusa sulla soglia di una stanza.

«Non vai più a correre?» mi trattenne Saverio.

Feci di no con la testa: «Solo quando ho voglia».

«Guarda che è finita l'epoca del battuage. Hai presente lo slargo in fondo allo stradone, subito dopo il palazzetto dello sport?»

Mi lanciò un'occhiata liquida, oscena. Lo slargo lo ricordavo, non avevo mai fatto caso al passeggio che c'era.

«A lunedì, allora.»

«Vieni nel pomeriggio, la mattina non mi trovi.»

Mentre tornavo alla fila del parcheggio mi ripetevo in mente l'espressione francese usata da Saverio. In macchina, al sicuro, cercai dal cellulare il significato della parola *battuage*. "Finto francesismo che deriva da 'battere'. Designa i luoghi battuti per incontri occasionali tra uomini, oggi sostituito dalla parola inglese *cruising*..."

C'era anche una mappa in cui segnalavano i luoghi del battuage a Napoli e provincia. Lo slargo in fondo allo stradone non c'era. O Saverio mentiva o era un fatto locale, non alla ribalta. In ogni caso restava un'immagine troppo urbana. Rileggendo più volte la sua definizione sentivo che non mi apparteneva. Possibile che lungo lo stradone, a pochi metri da casa mia, si consumassero rapporti occasionali ogni pomeriggio?

In casa nessuno mai parlava di sesso. Mia madre lo rendeva un malaffare, una cosa volgare, non provava a nominarlo neanche con la malizia, mentre mio padre era capace di esprimersi solo con oscenità dette a mezza voce. Si affidavano alla mia vita in città, sicuri che lì avrei trovato le mie risposte da solo. Invece quel pomeriggio andai a cercarle proprio sotto casa.

Parcheggiai di fronte ai blocchi di cemento che chiudevano la strada. Erano appena le cinque. Non c'era nessuno. Nemmeno i cani randagi.

Mi portai in fondo allo stradone, oltre il palazzetto dello sport. Mi avventai con sicurezza. Un grosso slargo si stagliava, vuoto e bianco, alla fine di una piccola discesa. In un angolo una vecchia auto parcheggiata. Nessun passeggio. Niente sguardi languidi e trattenuti. La mia eccitazione si disperse nel silenzio delle campagne. Ero deluso, ma ancora una volta al sicuro.

«Ti accompagno io» si offrì mia madre. Lunedì pomeriggio le serviva la Cinquecento.
«No» risposi. Ero deciso, il toner sarei andato a ritirarlo a piedi.
Arrivai al centro commerciale – distava due, tre chilometri da casa – quando le nuvole si erano addensate dietro il tetto. Il parcheggio era immerso in un buio blu, come l'interno di una cattedrale. Dalle porte scorrevoli il flusso degli acquirenti era debole. Entrai.
Durante tutta la mia lunga passeggiata mi ero detto che tanto non avrei incontrato Saverio. Le poche cassiere rimaste battevano gli ultimi scontrini della giornata, le guardie giurate all'ingresso si stropicciavano gli occhi dalla stanchezza. Il reparto informatica era vuoto, e l'unico a tenere banco era proprio Saverio. Mi diressi verso il nero della sua polo. Appena mi vide tirò fuori dal bancone il mio articolo.
«Cinque euro in meno. Sconto dipendenti.»
Non lo ringraziai. Ci spostammo alla cassa dove gli allungai una banconota senza fare caso al resto. Sentivo il dovere di scappare, ma di nuovo mi colse l'esitazione, come un vuoto di gravità che rendeva il mio braccio di gesso.
«Io ho finito il turno, prendo la giacca e vengo» mi disse e scomparve di nuovo, salutando gente come fosse in piazza. Rimasi immobile. Seguivo i suoi spostamenti – la giacca a vento aperta, l'andatura saltellante, audace e imbarazzante allo stesso tempo – tenendo d'occhio le possibili vie da cui sarebbe riapparso. Mi piaceva quella deliberata sensazione di non ritorno. La consapevolezza di essere nei guai.
«Andiamo» disse. Ci lasciammo alle spalle il reparto alimentari ed entrammo nel finto boulevard illuminato dal-

le vetrine. Saverio entrò in un bar e prese due birre dal frigo come fosse casa sua, facendo un cenno alla barista. Le stappò con un accendino giallo. All'improvviso fece cadere dall'alto una pacca sulla mia coscia.

«I muscoli li hai fatti» commentò stringendo il mio quadricipite.

Feci il gesto di allontanarmi mentre mi massaggiavo la gamba.

«Hai sempre lavorato qua? Non ti ho mai visto» riuscii a dire. La voce nasale e impostata.

«Da un anno. Tu stai a casa con mamma e papà?»

«Io studio. Medicina.»

«Sì, ma non te l'ho chiesto.»

Si rimise in piedi. Buttò giù la birra a sorsi duri e precisi poi si pulì la bocca col dorso della mano facendo una smorfia di disgusto.

«Accompagnami» disse. Io ubbidiente lo seguii buttando la mia bottiglia nel primo cestino a vista.

Saverio s'infilò in un negozio d'abbigliamento a basso costo, con manichini inquietanti e capi sparsi alla rinfusa. Aveva liquidato male la commessa e sfilava i pantaloni da una pila disordinata alla ricerca della taglia giusta.

«Sto scoppiando con questi che c'ho addosso» specificò.

Ne prese uno e poi diede un'occhiata ai maglioni. Gliene proposi uno di lana con ricami verdi ma lui disse: «No. È roba per te». E mi portò ai camerini.

«Ahh» emise un gemito non appena si sfilò i pantaloni. Aveva lasciato la tendina aperta a metà. Potevo vedere le sue gambe, corte e rosa, i polpacci grandi e implumi.

«Vieni qua.» Saverio uscì dal camerino per portarmi dentro. Sotto la luce forte il colore della nostra pelle aveva un aspetto alterato, verdognolo. Il riflesso dello specchio era scoraggiante, così ampio e dettagliato. Apparivamo bassi e tarchiati, due mostriciattoli, io avevo i jeans scesi in vita. Me li tirai su quando Saverio, che era appena sbucato con la testa fuori del maglione, poggiò la bocca sulla mia. Una musata, come un cane che fiuti il cibo. Fino a quando non infilò la lingua, troppo lunga e irruenta. Girai la testa dall'altro lato e lui me la schiacciò contro il muro. Rideva mentre mi annusava il collo e con le mani tastava il petto, l'inguine, mi rigirava per soppesarmi il culo, come un rapinatore che volesse svuotarmi le tasche.

«Basta» riuscii a dire, a bassa voce, ridendo anch'io.

Avevo le orecchie rosse, la testa accaldata. Mi appoggiai al muro per riprendere fiato. Poi uscimmo dal camerino. Non ero sconvolto. Come se conoscessi la sequenza dei fatti da quando avevo messo piede fuori casa.

La commessa guardava Saverio, che rovistava ancora tra i maglioni, divertita, materna. Ai suoi occhi era una macchietta, ma lei ci avrebbe dato comunque la sua benedizione.

«Serve qualcosa?» si avvicinò con fare amichevole.

«No» le rispose in malo modo. «'Sta cessa» commentò poi, non appena uscimmo dal negozio.

Mi riaccompagnò in macchina.

Di quel tragitto ricordo soprattutto la mia postura, rigida, con la cintura allacciata e una leggera piega della schiena come a invitare una mano a infilarsi tra me e il sedile, la testa che non guardava mai oltre il finestrino, ma un punto preciso tra il lunotto e il posto di guida.

Saverio stava pattugliando il parcheggio, io non chiesi in cerca di cosa. Fermò la macchina in un angolo poco distante da due grossi container. Spense il motore e mi diede un'altra pacca sulla coscia, mentre si guardava intorno. Si gettò con violenza su di me. Lo strusciare elettrico del nylon che facevano le nostre giacche – io che mi scansavo, Saverio che provava a tenermi fermo – era l'unico suono che riempiva l'abitacolo. Mi bastava tenere aperta la bocca, potevo farcela, nonostante la barba e la pelle grassa delle sue tempie.

Durò poco. All'improvviso ci fu un tonfo alle nostre spalle. Saverio rinculò all'istante e si coprì il viso tenendo una mano sulla fronte. Un uomo aveva appena scaricato, dall'alto di una gradinata, due grossi bustoni neri. Ci stava guardando.

«Ma tu vedi se qua mi devono giudicare pure i neri» disse Saverio. Prese il cellulare e diede un'occhiata allo schermo. Lo lanciò sul cruscotto. Guardava altrove e io guardavo lui.

«Meglio se andiamo via» disse mettendo in moto, «poi finisci nei guai pure tu. A casa ce ne avete già abbastanza.»

Non mi aspettavo riuscisse a lanciare un ponte tra quell'angolo in ombra in mezzo al niente e casa mia. La delusione mi colpì come una valanga. Tutto quello che vedevo dal finestrino, ora che ci lasciavamo l'Auchan alle spalle, si ammantava di squallore. Eravamo tutti figli di qualcuno, le nostre vite rintracciabili con facilità, condannate a una narrazione che sfuggiva da noi stessi e non ammetteva repliche.

Mi feci lasciare anche quella volta all'esterno della villa comunale abbandonata.

«Lo so che abiti in quel palazzone lì in fondo, ma apprezzo la coerenza» disse Saverio indignato, mentre accostava.

Aveva ragione. Ma non sono mai stato bravo a congedarmi: «Ci rivediamo?».

«Il toner te l'ho dato, mo che vuoi?»

Non risposi. Non avevo la minima idea di come gestire il desiderio. Mi comportavo come un fanatico, lo sguardo perso, le braccia protese, pronto a eseguire qualsiasi ordine. Mi si gonfiarono gli occhi. Fuori il vento sollevava cumuli di polline. La strada era vuota, la villa comunale deserta.

«Senti, è meglio se non vieni più al negozio. Lo sai come vanno certe cose da queste parti. E poi per chi mi hai preso?»

In ogni caso, continuò, io ero un ragazzo fortunato, e a quelli come me le cose sarebbero andate sempre nel verso giusto, perché il nome dei vincitori è stato già scritto, e nel mio caso di sicuro i miei genitori avrebbero provveduto mettendomi magari su un aereo e lanciandomi oltreoceano.

«Inutile che fai quella faccia avvilita. Quelli come te» disse indicando il nostro palazzone «non hanno nemmeno il tempo di piangere che già tengono pronta la soluzione.»

Parte terza

I

Non appena il sole toccava il pannello di resina verde dalla voliera s'alzavano gorgheggi e pigolii sempre più forti. Era la stagione degli amori e i canarini, aggrappati alle sbarre con le zampe sottili, cantavano col petto in fuori come avessero un fischietto al posto dei polmoni. Mio padre era euforico, aveva installato i nidi piazzando delle uova finte per convincere le femmine con scarso istinto materno a covare. Era un'abitudine degli imprenditori locali tentare un mini allevamento di canarini in casa, un altro modo di declinare la loro smania da demiurghi. Tra i suoi soci c'era chi partecipava ai campionati, fiere in cui vinceva il gibber dalla gobba più concava, ma mio padre no, non amava fanatismi al di fuori dei suoi affari.

Avrei voluto silenziarli tutti. Non mi facevano studiare – avevo da poco ripreso il manuale di istologia, e il loro canto mi metteva in allarme. La primavera mi aveva messo in ginocchio come uno spintone. L'aumento della temperatura, le giornate senza nuvole, il profumo insostenibile del rincospermo, i fuochi d'artificio che esplodevano ogni sera, ora che le ville per ricevimenti accoglievano prime comunioni e matrimoni, mi rendevano smanioso. Come facevo a starmene in casa? Mi masturbavo ogni mattina appena sveglio. Poi, per calmarmi, facevo una pennica calcolata, dopo pranzo, non più di mezz'ora.

Era passata quasi una settimana da quando Saverio mi aveva spinto nel camerino. Non pensavo di doverlo cercare ancora. Ma avvertivo come un bruciore, di quelli che restano sulla guancia dopo uno schiaffo. La vibrazione della pelle che si irradia su tutti i nervi pronti a reagire.

Pi, pi, cri cri, piu, piu, piu.

Chiusi il manuale con forza e uscii sul terrazzo piazzandomi di fronte alla voliera. Gli uccelli svolazzarono negli angoli delle gabbie e restarono fermi, gli occhi vitrei. Un soffio di vento sollevò le piume sparse a terra, solleticando i peli delle mie gambe. Alzai lo sguardo e quasi non riconobbi il panorama di tetti, verande e antenne, ammantato dalla luce del sole di un colore suadente, un rosa salmone. Era sempre stato così? O ero io che andavo allestendo una nuova scenografia per i giorni a venire?

Scaricai un'app per incontri.

Durante il liceo eravamo sempre stati attratti dal mondo delle chat, in cui cercavamo una facile soluzione, una realtà aumentata che permettesse di scavalcare secoli di amor cortese e portare dritti al sesso, all'inappuntabilità di un incontro al buio. Ma era un passatempo di breve durata dove, ancora una volta, Angelo aveva collezionato più successi di tutti.

Al primo ingresso in chat, il mio profilo anonimo – non avevo compilato nessuno dei dati richiesti: età, altezza, preferenze, foto – fu gettato in una vetrina che si aggiornava automaticamente. Come un bussolotto, bastava scorrere in basso per estrarre nuovi profili. Lo spoglio dei nuovi utenti era sempre diverso. Dava l'illusione di infinite possibilità a portata di mano. Tenevo il cellulare come un talismano.

Facevo il primo accesso di mattina, non appena mettevo piede fuori del treno. Lontano da casa, all'aria aperta, l'eccitazione era meno frustrante. Non frequentavo più il Policlinico. Avevo trovato un buco nelle aule di Scienze Naturali. Si stava al fresco e in giro non c'era nessuna vecchia conoscenza, di quelle che ti costringono a riassumere in breve cosa hai fatto negli ultimi mesi. Passavo lunghe pause caffè da solo. A fine giornata mi ritrovavo a canticchiare lungo la strada di casa solo per assicurarmi di non aver perso la parola, che il diaframma non si fosse anchilosato. Angelo non si faceva sentire da mesi e per la prima volta avevo il campo libero. Preferivo stare sospeso, a primavera iniziata, tra la vita di prima, di cui non soffrivo i rimorsi, e una vita nuova di cui non avvertivo nulla se non il presagio.

"Cosa cerchi?"

In chat era la domanda più frequente. Dopo un po' capii che potevo rispondere con un bagaglio limitato di alternative: sex, incontro, amicizia. Se mi chiedevano altre foto provavo a tergiversare. Ci misi un po' a capire che con *a* o *p* mi stavano chiedendo, sbrigativi, le preferenze per il sesso penetrativo. Imparavo un linguaggio nuovo ma, se sbagliavo, non succedeva nulla. Tutto sommato la chat era una piattaforma ampiamente democratica, ero libero di interagire con chi volevo: lo studente universitario, il parrucchiere romantico, il vecchio feticista, il quarantenne sposato, l'etero curioso, chi, senza presentazioni, inviava le foto del proprio buco del culo, chi cercava una storia seria, massaggiatori a pagamento, filippini che a stento scrivevano in italiano. Era tutto approssimativo, se non squallido, ma bastava che non mi mettessi troppo in gioco e rimanessi al riparo, dietro lo schermo. Questa rassicurazione era poco credibile. Era solo questione di tempo. Prima o poi avrebbero estratto anche il mio numero.

La situazione si sbloccò grazie a un cortocircuito. Prima del profilo arrivò la persona.

Nei dintorni dell'aula studio – il posto in cui mi connettevo più spesso – a soli pochi metri da me si aggirava sempre lo stesso utente. La foto del suo profilo, leggermente sgranata, lo ritraeva controluce, lungo un sentiero di montagna. Poco si intuiva del suo viso, del corpo si notava solo l'altezza, riportata anche nelle informazioni del suo account: 187 cm, 82 kg, tonico, single. C'era anche il suo nome ben in vista: Alessio. Ogni mattina io e l'Alessio virtuale ci tenevamo compagnia mantenendo la stessa posizione in vetrina. Fino a che non ci incontrammo in ascensore. Trattenni il fiato, temevo di gonfiarmi per la paura come un pesce palla. Ma Alessio nemmeno si era accorto della mia presenza. Nella mezz'ora successiva, di nuovo sui libri, leggevo e rileggevo lo stesso paragrafo sulle fibre collagene senza memorizzare nulla.

Dovevo scrivergli.
"Ciao."
"Ciao."
"Come va?"
"Bene, tu?"
"Ci siamo incontrati poco fa."
"Davvero?"
"In ascensore. Ora sono in aula studio."
"Chissà. Embè, vuoi fare pausa?"

Da quando avevo aperto il manuale avevo sì e no sfogliato due, tre pagine. Lo studio non bastava a tenermi tranquillo. Ero già oltre l'ostacolo.

"Alle macchinette?"
"Tra dieci minuti."

Si presentò, aumentando l'artificiosità del nostro incontro, con una stretta di mano: «Alessio».

Era alto e aveva una leggera gobba, i capelli scuri, corti, anonimi. Vestiva una felpa di una misura in più e dei jeans scoloriti che nascondevano la forma delle gambe. La conversazione non fu piacevole. C'erano dei silenzi inspiegabili. Studiava veterinaria: «Ma voglio specializzarmi all'estero». Odiava Napoli e sperava di lasciarla al più presto. Sembrava insofferente anche alla mia compagnia, guardava sempre altrove. Del resto anch'io non credo di aver sollevato lo sguardo oltre l'aiuola.

«È il mio terzo caffè» spiegai dopo una lunga pausa agitando il monouso.

«Mh.»

Ci salutammo delusi, i polsi storti in una goffa stretta di mano.

Gli scrissi di nuovo dopo le cinque.

Non aveva senso. Tra le aiuole del chiostro non c'era stato spazio per un flirt, nessuna impennata di simpatia reciproca. Non mi piaceva, quei jeans erano imbarazzanti tanto quanto gli occhiali da sole che gli scoprii solo dopo, infilati nel colletto della felpa, piccoli e scuri, improbabili. Ero però guidato da una determinazione sconosciuta. L'algoritmo della chat aveva innescato una forma di competizione, come giocassi a un videogioco in cui non avevo raggiunto ancora alcun record personale.

"Ci vediamo alla chiusura."

Mi aspettò appoggiato a una cabina telefonica. A una distanza fissa di mezzo metro, prendemmo a passeggiare a vuoto per le vie del centro storico. Più simile a una ronda che non a una passeggiata. Camminammo senza sosta, tanto che mi era difficile bere dalla bottiglia e la birra mi si fece calda. L'esito della serata era una previsione oltre la mia capacità immaginativa. Parlammo poco, anche lì lasciavo che fosse lui a prendere l'iniziativa, ma Alessio riusciva solo a ripetere commenti beffardi sull'abitudine di parcheggiare le auto in doppia fila: «Qua fa tutto schifo». Di fronte a un parcheggiatore abusivo che sistemava le auto sui marciapiedi se ne uscì: «A Berlino vivevo solo di bike sharing».

«Io non amo viaggiare» ribattei, mettendo fine ai suoi discorsi.

Ci eravamo seduti sulle fioriere alle luci dell'obelisco di piazza San Domenico quando mi chiese, a bruciapelo: «Con quanti ragazzi sei stato?».

«Due» mentii. Trovai la domanda fuori luogo oltre che avvilente. Almeno aveva buttato una nuova luce sui nostri discorsi. «Io ho perso il conto» replicò.

La città si era rabbuiata. La luce del sole veniva debole oltre i palazzi, dal mare. La piazza vibrava per l'eco di voci, chitarre e vetro. Mi rendeva nervoso. Avevo bisogno del bagno. Stavo per deviare verso un bar quando lui mi fermò.

«La fai a casa mia» disse come un ordine, giocherellando con un mazzo di chiavi in tasca. «Abito in fondo alla strada.»

«C'è un asciugamano, nell'ultimo cassetto.»

Avevo il suo braccio infilato dietro il collo, rigido. Niente avevo premeditato. Solo, per iniziare, mi era venuto in mente il consiglio di mio padre e mi ero sfilato le mutande suscitando un risolino sorpreso ma persuaso. Spogliarsi era stato divertente. La mia intraprendenza si basava sull'idea che a qualsiasi mia iniziativa sarebbe seguita un'azione a me sconosciuta ma in qualche modo corrispondente. Il sistema, alla luce tenue dei lampioni della strada, sembrava funzionare – potevo nascondere le smorfie per la sorpresa – fino a che non arrivò il mio turno. Eravamo al buio. Mi ritrovai il suo pisello tra le mani senza sapere cosa farne, come un cacciavite a stella. Lo reggevo senza entusiasmo. Alessio allora risalì sul mio corpo e lo avvicinò alla mia bocca. Mi paralizzai. La tenni aperta come fossi dal dentista, non sapevo come posizionare i denti. Dopo poco rinunciò. Io mi allontanai e mi stesi sul fianco del letto.

«Non ti piace partecipare, eh?»

Alessio si allungò verso di me, prese la mia mano e mi guidò con calma.

«Sei vergine?»

Feci di no con la testa.
«Sei un bel ragazzo. Fobie? Malattie? Preferenze?»
«È una serata no.»
Serata no. Potevo inventarmi di meglio ma verbalizzare quanto stava succedendo forse era più mortificante.
Alessio venne per conto proprio, senza molto entusiasmo. Si sporse verso di me e agguantò un rotolo di carta igienica dal comodino.
«Vuoi dell'acqua?» chiese.
Feci di sì con la testa. Lui si tirò su e scomparve nella penombra del corridoio. La camera era spoglia: una brandina più che un letto, l'armadio senza ante, il parquet impolverato. Ci misi un po' a rivestirmi. Trovai le mutande intrappolate dal peso del materasso, i calzini erano finiti dall'altra parte della stanza. «Questi li togliamo» aveva detto dopo avermi spogliato. Ora che riprendevo fiato, la meccanica con cui ero venuto non mi sembrava così deprimente, per quanto la mia partecipazione si fosse limitata a una posa plastica, steso a pancia in su in attesa che lui si sbrigasse: «Te la prendi comoda, eh?».
Mi rivestii allo specchio, a luci accese.
In cucina mi offrì un bicchiere pieno fino all'orlo. Bevevo a sorsi forzati – avrei di gran lunga preferito sciacqui di collutorio. Alessio mi dava le spalle, lavava i piatti lasciati in ammollo, il suono delle stoviglie stranamente intimo. Più volte si girò nella mia direzione come sorpreso della mia presenza silenziosa. Poggiò l'ultimo piatto della pila e disse: «Senti... io non so tu cosa cerchi ma io di sicuro niente di più di quanto è successo dieci minuti fa».
Non capii molto del suo discorso. Del resto anch'io, come lui, ero concentrato su tutt'altro. Avevo bisogno di una doccia, di riacquistare l'equilibrio chimico del mio corpo che emanava odori estranei. Sarei rimasto lì impalato ancora a lungo, ma tanto io ero imbranato quanto lui volgare così che, con la mano sul mio fianco, come fossi un'auto in pan-

ne, mi accompagnò alla porta, lasciandomi con un consiglio: «Forse ti serve solo un po' di palestra. Una scopata a settimana almeno».

Nel piazzale della stazione fui preso da una fame violenta. Forse era solo il bisogno di ricoprire la bocca con un altro sapore. Aperta a tutte le ore c'era una rosticceria dall'insegna blu, ritrovo di netturbini, carabinieri, e ragazzi fatti. Presi un trancio di pizza. Diedi tre morsi famelici e lo buttai via.

A quell'ora gli autobus riposavano già nel deposito e in strada si dileguava una piccola carovana di pendolari ritardatari. Tutto sommato, pensavo mentre mi incamminavo anch'io lungo la provinciale, la mia serata non era andata male. Avevo conosciuto una persona nuova. Sotto quei vestiti sformati Alessio nascondeva una fisicità longilinea, atletica. La pelle al tatto era liscia.

Ripensai alle amiche di Angelo, i loro corpi flaccidi, i seni inesistenti, i capelli spumosi. A quanto poco mi suggerissero. Ma anche il corpo di Alessio non aveva scaturito la reazione nucleare che mi aspettavo. Mi sentii in pericolo, come vittima di una purezza claustrale. Non potevo sapere che si trattava di semplice inesperienza, non conoscevo il ruolo fondamentale dell'intimità.

Rientrai in casa in punta di piedi. Dalla cucina veniva la luce fredda della tv accesa – mio padre si costringeva ad andare a letto tardi così da non svegliarsi all'alba con le mani in mano. Adagiai piano le chiavi sulla console dell'ingresso. A gambe larghe raggiunsi la mia camera. Era tutto in ordine. Rafilina aveva fatto il suo dovere. Gli oggetti immobili, in attesa del mio rientro, il letto rifatto pronto ad accogliermi. Dal collo e dalle mie mani veniva però ancora un odore umido, estraneo. In bagno mi sciacquai prima le ascelle, poi il viso, e il collo. Mi insaponai in silenzio. Il mio corpo adesso sapeva di argan. Non mi ba'a. Temevo o forse cercavo in giro per casa tracce della mia metamorfosi, come se dopo la muta avessi lasciato da qualche parte una pelle da serpente. Uscii a prendere aria. Dal buio del terrazzo luccicavano le luci del quartiere, qualche auto passava lenta. I canarini dormivano nelle gabbie con la testa incassata sotto le ali. Ma anche lì non c'era nulla da vedere. Il quartiere dormiva e avrei fatto bene a riposare pure io.

II

L'università è sempre stata una barca troppo grande.
Il Policlinico non era un luogo accogliente. La stretta vicinanza con medici e pazienti che venivano da ogni direzione e sembravano saperne sempre più di te che avevi ancora tutto da studiare era frustrante.
Già dal primo semestre si erano formati gruppi ben decisi. Quelli delle prime file che avanzavano compatti come una squadra olimpionica tra appelli e prove intercorso, la sicurezza di avere il trenta in tasca. I fuorisede frastornati dalle abitudini di città. Gli ansiosi. I figli di medici che avevano fidanzate molto belle o molto brutte. Il resto era una massa indistinta di provinciali agguerriti la cui priorità era riscattare le modeste origini dei loro genitori. Nessuno era lì per fare amicizia. Io, seduto a metà balconata, mi avviavo piano nell'anonimato dei fuoricorso. Ero fuori dai giochi.
Erano iniziati i corsi del secondo semestre e io avevo ancora da recuperare istologia.
Un assistente del professore ripeteva per ogni muscolo del corpo l'origine, l'inserzione e l'azione. Studiare mi dava una regola. Per questo mi piaceva. Ma in quei giorni mi trovavo con la testa altrove già dopo la prima mezz'ora di lezione. Non mi sentivo in colpa. Era un abbandono

che non avevo mai conosciuto prima. Quello del fallimento, il placido lasciare sfuggire le cose dal proprio controllo.

Avrei fatto bene a tornare a casa e sistemare i miei pochi appunti. Ma era un pomeriggio di maggio. Il caldo rendeva la fine della giornata faticosa. E in città erano tutti sbracciati, con la testa per aria, le giacche in spalla, a godere l'inizio di una lunga stagione di bel tempo. Il passeggio sulle strade era in fermento e si direzionava verso il mare. A quell'ora io di solito mi avviavo nella direzione opposta, nel buio della stazione. Da buon pendolare evitavo l'orario dell'aperitivo, il tramonto urbano che riempiva i bar, spingeva sull'uscio dei negozi le commesse smaniose di chiudere e si dileguava con gli ultimi anziani che rientravano col cane al guinzaglio. Vulnerabile, esposto a qualsiasi occasione si presentasse, sulle scale della stazione alzavo lo sguardo attento a cogliere l'ultima possibilità. I miei sensi erano impegnati in un desiderio acerbo che nemmeno gli algoritmi delle app di incontri riuscivano a soddisfare. Non mi rassegnavo al tempo sprecato finora e chiedevo un risarcimento. Andavo a caccia di sguardi. Mi bastava l'intesa, l'inseguimento, la conferma di un'intuizione nata dal nulla. Impiegati, garzoni dei bar, turisti, parcheggiatori abusivi e perdigiorno apparivano, di fronte al mio desiderio, come figure allegoriche.

Restavo comunque una persona prudente, se non vile. Anche quando il desiderio si faceva troppo forte, tanto da indurmi a trattenere lo sguardo di un uomo in modo sfacciato, io mi aggiravo comunque intorno a un luogo sicuro, una boa cui potermi aggrappare, quasi sempre l'androne del palazzo di Angelo. Non mi allontanavo mai troppo dalla soglia, attento a non incrociare però lo sguardo di Salvatore, il portiere calvo che non mancava mai di scambiare con Angelo un commento sull'ultima partita del Napoli. Ma quando un pomeriggio mi lasciai inseguire per le strade da un uomo che mi aveva fissato lungo le scale dell'università – aveva le spalle larghe, abbronzato, un uomo distinto se non si fosse toccato più volte il cavallo dei pantaloni nella mia direzione – mi rifugiai con un balzo all'ombra del grosso portone. La portineria era vuota. Il cuore mi batteva forte, indeciso tra la paura e l'eccitazione, ma agguantai il citofono del condominio e con calma digitai le cifre dell'interno di casa Parisi.

Mi accolse come al solito Paula, la domestica. Stava sfumando il coniglio con del vino bianco. Mi salutò con i suoi miagolii incomprensibili in una nube di vapore che metteva subito appetito. Angelo, manco a dirlo, era a letto, ancora dormiva.

Durante gli anni del liceo dava quasi per scontato che saremmo rientrati a casa sua insieme. Non aveva la minima idea del sacrificio che mi addossavo ogni giorno ad arrivare lì dalla periferia, né dell'imbarazzo che mi procurava l'ospitalità coatta della sua famiglia, quasi fossi un orfano. Passate le sei faceva una certa fatica a separarsi da me. Come un bambino capriccioso a stento mi lasciava andare, a meno che non arrivasse qualche invito più eccitante, di solito una partita di calcio in cui tentava svogliatamente di coinvolgermi, soprattutto se mancava solo un giocatore.

Ora che passeggiavo nel salone pavesato di luce con le finestre spalancate, in attesa che Angelo si svegliasse, mi rendevo conto dello spreco di tempo che era avvenuto in quella casa dove avevo passato la mia adolescenza.

Mi portai alla grossa finestra che dava al centro della piazza. Ero convinto che, da quell'altezza, in mezzo al tumulto dei lavori in corso per la nuova stazione della metropolitana, avrei potuto ancora distinguere le fattezze dell'uomo che mi aveva seguito in strada, ma riuscivo a vedere solo la scia di motorini che risalivano da tutte le direzioni come formiche.

Angelo mi raggiunse con gli occhi ancora gonfi di sonno. «Stavamo scarsi a chiaviche» mi salutò, scalzo, con indosso un paio di pantaloncini logori, i capelli spettinati. Per nulla sorpreso della mia presenza, come se ancora una volta mi confondessi con una delle tante suppellettili di casa. «Ti devo far ascoltare questa» mi disse e si mise al pianoforte a strimpellare la base di una canzone dei Duft Punk.

La melodia che adesso riempiva il salone era insopportabile. Per quanto grande fosse quella sala c'era una pessima acustica e il martello pneumatico che lavorava instancabile non dava tregua. Stavo per chiudere una finestra quando Angelo interruppe la sonata. Qualcuno lo chiamava al telefono. Rispose gridando, come suo solito, e si allontanò con passo smargiasso nel corridoio. Rideva, rideva, la sua voce stentorea come quella di tutti i nostri amici – li accomunava forse un ritardo mentale – non mi risultò mai tanto odiosa come in quel momento. Poggiò la mano sulla cornetta e pronunciò con le labbra: "ti fermi a pranzo, vero?" indicando la cucina. Io gli feci segno di no, ma lui non mi guardava più. Era ritornato in camera sua, di nuovo a letto. Il suo messaggio era chiaro, "non mi va di parlare di te, di cosa ti sta succedendo poco m'importa, l'unica cosa che posso darti è la mia ospitalità, fermati pure quanto vuoi".

Sotto la libreria del corridoio, costellata dei volumi dell'Enciclopedia Treccani, arrivava il suo vocione. Mi avrebbe lasciato lì per ore. Mi aspettava uno dei nostri pomeriggi passati a letto a guardare il wrestling in tv, in attesa di una distrazione più interessante.

Forse non era Angelo che faceva fatica a lasciarmi andare, ma ero io che non sapevo in che modo congedarmi. Ripresi la giacca dall'ingresso e con un timido ciao a Paula, che intanto miagolava in spagnolo al cordless incastrato tra spalla e mento, aprii la porta e andai via.

Andavo disegnando una mappa alternativa della città, da esploratore, indugiavo guardingo all'imbocco dei vicoli, osservando lo struscio dalle panchine delle piazze, sfilando audace lungo le vie dello shopping: una caccia al tesoro in cui a ogni partita si alzava la posta. Arrivai a spingermi fino al mare. Nascosto dalla fila del noleggio risciò, appoggiato al chiosco dei taralli, incrociai lo sguardo di un uomo. Mi regalò un sorriso impudente, accompagnato da un cenno all'insù con la testa, come mi conoscesse da una vita. Non ebbi il tempo di fuggire, lo spazio racchiuso intorno ai suoi movimenti rapidi.

«Ciao» non si presentò. Aveva le mani grosse. La camicia azzurra lasciava intravedere il petto gonfio, da nuotatore, liscio se non per una leggera peluria troppo chiara. Le rughe che circondavano bocca e occhi sul viso allampanato erano inequivocabili. Molto oltre i quaranta. Ma in quel momento non ci pensai. C'era un'ulteriore urgenza a trattenere i pensieri, che quell'incontro non sarebbe avvenuto se non nello spazio della deviazione che mi ero concesso.

«Prendi un caffè? Un succo d'arancia?»

Risalimmo la strada che costeggiava un vecchio edificio fascista. Alle sue spalle un alto porticato ospitava botteghe d'antiquariato. Vecchi artigiani sedevano su piccole sedie di paglia sull'uscio, intrecciavano vimini. Al passaggio dell'uomo salutavano riverenti. «Buongiorno dotto'!»

«Non ti ho mai visto in giro.»

«Non sono della zona.»

«Ma sei di Napoli, sì?»

«Non di qui.»

Dovevo avere uno sguardo truce. Comunicavo con brevi cenni della testa. A lui non importava. Continuava a guardarmi dall'alto in basso, senza riguardo. Mi teneva d'occhio, come un bracconiere che ha avvistato una gazzella lontana dal fiume.

Mi portò in un bar che odorava di candeggina. Appena entrati fece un cenno da lontano al barista.

«Un caffè al ragazzo» ordinò con tono familiare, indicando la mia testa. Lanciò una moneta sul bancone. Aveva fretta, temeva che potessi scappare.

Ricordo che alla radio c'era un pezzo orribile, sul bancone una grande varietà di snack. Mi concentravo su singoli dettagli per non assegnare a quanto stava accadendo la giusta portata.

«Sei uno studente, vero?»

Alla notizia dei miei studi in medicina vantò subito conoscenze nella sanità pubblica. Mi trattava da adulto.

«Se hai bisogno di una mano basta chiedere. Nel caso dopo ti lascio il mio numero.»

Io non rispondevo a nessuna delle sue domande, terrorizzato ed eccitato allo stesso tempo.

«Certo che sei timido.»

Rise. Aveva una chiostra di denti smaltati di bianco. Dalla camicia veniva un costoso profumo di cuoio.

«Sei anche molto bello.»

Era quella sfacciataggine a sconvolgermi. Come se da un momento all'altro scattasse un improvviso contrordine che annullava la seduzione: allora era meglio dirsi tutto, subito, con lo sguardo di un condannato. Sulle strisce pedonali, usciti dal bar, appoggiò la mano sulla mia schiena per invitarmi ad attraversare la strada e raggiungere il portone di un grosso palazzo.

«Saliamo da me. Magari ce ne andiamo in soffitta» rise di nuovo. «Purtroppo noi maschi c'abbiamo 'sta zavorra. Tranquillo, facciamo una cosa veloce. Stasera andiamo a dormire tutti più sereni.»

Entrammo in ascensore. Le porte a vetri con arabeschi d'oro, ai lati due panche che si fronteggiavano. Il suo sguardo cambiò. Modesto e senza pose, invecchiava alla luce accecante della cabina.

«Passo un attimo in casa, aspettami qui» mi lasciò sospeso sul ballatoio del quarto piano. Un cane abbaiava feroce. Tornò subito dopo, in mano aveva due kleenex. Riprendemmo a risalire e arrivammo in soffitta. Stupidamente mi aspettavo un'altana, con una finestrina sul mare e qualche pezzo d'antiquariato sparso in giro. Lui per soffitta intendeva il ballatoio dell'ultimo piano, un'unica porta in ferro dove si nascondeva il motore dell'ascensore. Io mi guardavo attorno ma lui s'era già sbottonato i pantaloni. Pensai di avvicinarmi ma lui mi respinse.

«Abbassali anche tu.»

Lasciai che si sfinisse davanti ai miei occhi. Non ci mise molto. Venni anch'io, senza sapere come, sopraffatto dal rombo dell'ascensore chiamato a terra. Si riallacciò i pantaloni e mentre mi riaccompagnava giù mi chiese: «Quanti anni hai tu?».

«Venti.»

«Pure io» disse lui, ridendo a colpi di tosse.

III

Durante ogni incontro avvertivo l'assenza di ossigeno e gravità. Saltavo da letto in letto con la goffaggine di un astronauta. E forse mi aggiravo davvero con una specie di tuta. Era l'unica spiegazione al mio nuovo animo. Non poteva essere solo colpa della primavera se mi lasciavo spogliare da persone che non conoscevo. Nudo non mi sentivo vulnerabile. Del resto non ero mai soddisfatto. La cosa di solito non durava più di dieci minuti e la mia partecipazione era sempre pari a zero, in apnea.

Una volta un dottorando di ingegneria mi chiese: «Vuoi scopare?».

Non sapevo come reagire, mi lasciai condurre per manovre a me poco chiare, come da un infermiere dietro il paravento di un ambulatorio. Dagli ultimi incontri mi ero fatto l'idea che si trattasse sempre della stessa colluttazione animale, da consumarsi in poco tempo. A eccitarmi del resto era la curiosità. Le case degli altri, il rapido sguardo che proiettavo sulle pareti, le cassapanche all'ingresso, armadi a muro stipati di completi, cucine a vista, pavimentazioni surriscaldate, stendini in un angolo che mandavano intenso odore di ammorbidente, stanze della nonna con le lenzuola a piccoli pois rosa e il materasso duro. Tutto così diverso da casa Tammaro, tutto così nuovo.

Il dottorando abitava in un sottoscala. C'era poca aria, nonostante le pale del ventilatore che giravano piano. Aveva la schiena ricoperta di peli rossicci. Stomachevole.

«Stai tranquillo» disse di fronte alla mia rigidità, «tranquillo, tranquillo, tranquillo» ripeteva sempre più piano mentre cercava di mantenermi fermo nella stessa posizione. Il costume di astronauta mi rendeva sì più leggero ma era pur sempre assicurato da solide cinghie di titanio. I miei genitori mi avevano indottrinato bene. *Non fidarti mai di nessuno.*

«Fa niente» rinunciò lui dopo vari tentativi. Io non mi sentivo in colpa. Riciclai al volo quelle due o tre cose che – avevo imparato – provocavano piacere e finimmo presto. Mi rivestii in fretta e lasciai il sottoscala mentre lui era ancora in bagno.

Ogni volta che mi sottraevo a quegli incontri affannosi, sgusciando via dal portone riconoscevo una leggerezza mai provata prima. Anche se andavo in giro con due grosse occhiaie e la bocca atteggiata a una smorfia schifata e preoccupata, la maglia infilata al contrario, i capelli appiccicati alla fronte, non pensavo mai di avere un problema, che correvo dei rischi. Non m'importava capire, mentre a passi veloci mi portavo alla stazione della metro più vicina, cosa stesse succedendo. Gli occhi stravolti che mi rimandava il riflesso del finestrino opaco del treno erano la cosa più vicina a me stesso che avessi mai visto.

Se rientravo più tardi del solito mia madre era lì ad aspettarmi.

La trovavo in cucina, seduta a guardare qualcosa fuori della finestra. Mi dava le spalle, la tv spenta, la tavola ancora apparecchiata.

«Ti ho lasciato due salsicce» diceva e mi indicava il forno a microonde. La sua giornata poteva ritenersi conclusa una volta sfamato anche me.

«Papà sta di là?» domandavo.

«E dove vuoi che stia?» rispondeva sempre compiaciuta della sua battuta.

«Buonanotte.» Non si accorgeva mai di nulla. Quando tornavo all'alba, accompagnato da Angelo che guidava piano tanto era ubriaco, mia madre mi annusava l'alito, delusa ma non arrabbiata. L'importante è che fossi tornato sano e salvo. Adesso non faceva nemmeno più domande, mai un sospetto o un'osservazione indiscreta delle sue.

A letto, soprattutto quando Rafilina aveva appena cambiato le lenzuola, faticavo ad addormentarmi. Rimanevo per un po' a occhi aperti nel buio, in attesa di una buonanotte. Temevo e allo stesso tempo desideravo un sopralluogo di mia madre.

IV

Il trauma del blitz tornava a rivivere le rare volte in cui suonavano al campanello di casa. Mio padre correva in camera sua a infilarsi un paio di pantaloni che non fossero quelli del pigiama, mia madre si irrigidiva in un sussulto e si sporgeva dal terrazzo per cercare tracce degli avventori. Le possibilità erano due, o la volante o la zazzera di zia Rosa.

Nel primo caso si avviava composta alla porta con lo sguardo afflitto, da malata terminale, e se mi incontrava lungo il corridoio mi sussurrava col labiale: «Chiuditi in camera».

L'attendente di turno, di solito un giovane fresco di concorso, si lasciava portare il caffè seduto comodo in poltrona. Una volta sentii mio padre esclamare qualcosa sorpreso. Sta' a vedere che il carabiniere non era il figlio di qualche sua vecchia conoscenza.

Quando a suonare era zia Rosa, la reazione era diversa. Mia madre si irritava. Trovava la cosa sconveniente. Bisognava infatti andarle incontro in strada – a nessuno era permesso farci visita – e trattenersi sotto lo sguardo di tutti. Giovedì, giorno di mercato, veniva a suonare alla nostra porta per portare le notizie che aveva raccolto mentre faceva la spesa. Chiedeva di salire – «ci parlo io col giudice» – ma mia madre era irremovibile: provava forse anche un certo gusto a rimarcare che tra noi e loro c'era un limite, per quanto paradossale. Zia Rosa a volte portava un piatto già cucinato. Pesce, quasi sempre. Si considerava un'esperta nel prepararlo. A mia madre non piaceva, zia Rosa lo inzaccherava con troppa maionese. «Che poi» commentava in ascensore, «non siamo mica malati.»

Un pomeriggio mi portò un'insalata di polpo.

«Questa è per Pierpaolo. Però mangia pure qualcos'altro vicino, che questo da solo è poco.»

Ero costretto a presenziare anch'io a quei ritrovi imbarazzanti. Mia madre che teneva il portone aperto con una gamba. Zia Rosa che spingeva per entrare. Gli inquilini di passaggio che salutavano riverenti e sospettosi.

«Pasquale si fida dell'avvocato, o no?» chiedeva.

«Sì, ma è diventato più scaramantico.»

«Le indagini, corna facendo, so' finite. Non hanno trovato niente più. Di che si preoccupa?»

«Stiamo sotto al cielo, Rosa. Speriamo che non esca fuori niente di nuovo.»

«E che deve uscire?» disse tra i denti, stringendo forte il braccio di mia madre, come a zittirla, e tirandola verso di sé. Poi ammiccò nella mia direzione.

«Pierpà, e tu? Come stai? Stai studiando, sì? Mi raccomando, esci ogni tanto... quell'amico tuo non lo vedi più?»

Stavo per offrirle il più rassicurante degli sguardi. Mi bastava annuire piano con la testa, il tempo che zia Rosa cambiasse discorso, quando mia madre mi sorprese: «No, no, non ti preoccupare. A uscire, esce sempre».

Mio padre si andava ormai abituando ai domiciliari, anche senza il nostro aiuto. Io ero tornato sui libri. Mia madre aveva ripreso a lavorare a maglia, anche se il più delle volte si addormentava in poltrona, con i ferri poggiati sulle ginocchia. Spesso accanto a lei si appisolava anche lui in una posa innaturale: le gambe aperte, il cavallo del pantalone del pigiama largo. Da svegli, in mia presenza, si abbracciavano ancora davanti ai fornelli mentre l'acqua bolliva, lei gli accarezzava la testa se ridevano di qualcosa alla televisione, lui continuava ad aiutarla con le faccende di casa. Ma avevano smesso col tango. E mia madre era tornata a svegliarsi all'alba per ricavare le sue ore di autonomia e pace.

Dopo pranzo capitava che chiudessero a chiave la porta della loro camera da letto. Di solito dosavano con discrezione i loro momenti d'intimità, quasi sempre in mia assenza, durante i fine settimana che trascorrevano al mare, da soli, e da cui tornavano con un'espressione placida e maliziosa. Ora che non era più possibile, trovavo quell'intimità scorretta. Mi avevano pur sempre abituato a un certo senso del pudore.

Un pomeriggio li sorprese a letto una serie di scosse. Subito lasciarono la stanza. Nel rettangolo di terra che vedevo dalla finestra di camera mia una ruspa scavava senza riguardo in un cantiere di nuova apertura. Le manovre imprecise del macchinista stavano scrollando gli edifici circostanti. La ringhiera del lungo balcone vibrava sotto i suoi colpi, anche il lampadario della mia stanza oscillava vistosamente. Dalle altre case arrivavano voci di protesta. Qualcuno si era radunato in strada, minacciavano di chiamare la polizia. «Qua ci cade tutto in testa!» Noi assistevamo dall'alto, come sempre, ritti con le pance appoggiate alla ringhiera. L'operaio intanto era sceso dalla ruspa e aveva interrotto il suo lavoro. Il tumulto si dileguò in poco tempo, restituendo al quartiere la sua quiete.

Mio padre, ora che era stato svegliato, voleva un caffè. Sventato il pericolo ci ritrovammo tutti e tre in cucina a discutere dell'accaduto. Ero stupito di quell'allarmismo, ma mio padre mi fece notare che la metà delle persone che vivevano lì intorno aveva assistito al terremoto del 1980. E ancora lo ricordavano. Del resto l'istinto a fuggire, a portarsi in strada, si trasmetteva nel codice genetico dei napoletani da generazioni, sempre all'erta e sotto minaccia di terremoti ed eruzioni, che sono poi i rischi della Terra tutta, spiegava.

Del terremoto mia madre ricordava con orrore i tetti dei palazzi inclinarsi pericolosamente. Nelle notti seguenti le prendeva la nausea per le vertigini. Mio padre invece era al cinema con una ragazza, quando ancora non conosceva mia madre. Alle prime scosse l'aveva abbandonata in sala, e nella paura generale era partito in macchina senza sapere nulla di lei. Anche per la natura del racconto, di questa ragazza nulla potevamo sapere, se non relegarla al ruolo di comparsa sfortunata.

Sapevo poco del passato dei miei genitori. Loro, come tutti gli altri adulti, smettevano di esistere ai miei occhi poco prima della nascita dei figli.

Da bambino ero ossessionato dalla dinamica degli incontri tra uomo e donna – forse perché sapevo che era quello l'evento che mi avrebbe reso adulto e imbattibile. Chiedevo di continuo a mio padre quale fosse il meccanismo per incontrare una donna, sposarla e mettere su famiglia. Come se questi tre eventi avvenissero in modo progressivo. I bambini hanno bisogno di risposte e mio padre, che ne aveva sempre una pronta, subito mi aveva convinto con la storia del fazzoletto. Le donne, nella stagione dell'amore, lasciavano cadere dalle borse, spuntare dalle tasche degli impermeabili, scivolare dalle maniche dei maglioni di lana un fazzoletto usato. Ai maschi spettava raccoglierlo, e più in fretta degli altri, per conquistare la propria compagna. Immaginai a lungo l'incontro dei miei con questa modalità, come se fossero i protagonisti di un fotoromanzo.

Era questa l'idea che avevo dell'amore: una predestinazione. Nulla a che vedere con quell'impazienza che mi spingeva da un quartiere all'altro, in casa di persone che non conoscevo. Mentre il desiderio dei miei genitori era cresciuto come una pianta al sole, io andavo in giro a chiedere conferma del mio al primo che passa, salvo poi disperderla lungo la strada verso casa. Come se nel nostro quartiere un campo magnetico dissipasse ogni forma di appartenenza. Uomo o donna, in quelle vie non c'era niente di adatto per me. E allora dove avrei dovuto cercare?

Mia madre spalancò con forza lo sportello della lavastoviglie, interrompendo bruscamente i miei pensieri. Mio padre subito scattò in piedi per aiutarla, ripassava a voce alta, canticchiando, i ripiani giusti in cui sistemare le pentole.

«Qua i coperchi, forchette e coltelli nel cassetto, teglie e pirofile...»

«No, le pirofile non vanno là sotto, lasciale nel forno.»

«Pierpà, togli i libri che adesso dobbiamo cucinare» mi ordinò, nella sua nuova veste di uomo di casa.

Mi trasferii allora con le dispense e il mio atlante di anatomia sul tavolo del terrazzo. Il vento primaverile sollevava il primo polline. Il sole si abbassava lento alle spalle dei pini sotto i quali riconoscevo le insegne di grandi bar sorti dal nulla – cambiavano nome e gestione ogni anno –, l'ingresso della villa comunale infestata dalle erbacce, adesso presidio dei nuovi contrabbandieri di sigarette. Provai a concentrarmi, volevo finire di rileggere l'apparato urinario prima di cena, ma al centro della piazzetta sbucò il furgoncino della friggitoria ambulante. Smerciava graffe e pizze fritte, crocchè e qualsiasi altra cosa potesse sfrigolare nel suo olio scadente. I bambini si radunarono numerosi trattenendo tra le dita una moneta. Qualcuno urlò dal balcone qualcosa di incomprensibile. Arrivò all'improvviso l'attacco di una canzone neomelodica, la voce come il richiamo di un muezzin. Impossibile concentrarsi. Chiusi l'atlante con un colpo secco e indossai i pantaloncini.

Lo stradone si era ripopolato, l'apertura al traffico rimandata a un altro anno.

La vegetazione in fondo era così fitta da aver lasciato solo una strettoia, come un sentiero, per poter passare. La puzza che saliva dai bordi della carreggiata era sempre la stessa, mischiata all'odore dei gelsomini abbarbicati alle inferriate delle ville poco lontane. Correvo deciso a passo da maratoneta, pattugliando la via. In coppia passeggiavano svelte donne di mezz'età, chiacchierando senza sosta. A ritmo sostenuto avanzavano corridori convinti, con tanto di contachilometri e borraccia, che a ogni passaggio scambiavano un educato saluto. Qualcuno portava il cane a passeggio.

Preferivo lo stradone vuoto, pensarlo tutto mio. Mi spinsi allora oltre la sbarra arrugginita, dove all'asfalto seguiva una lunga strada in terra battuta che collegava il nostro quartiere con i comuni limitrofi. Non mi accorsi che a seguirmi c'era un ragazzo della mia altezza, ma molto più grasso. Mi voltai verso di lui e lo salutai con la mano come avevo imparato a fare. Lui continuava a fissarmi. Mi tornò in mente il racconto di Saverio, la possibilità di infrattarsi con qualcuno alle spalle del palazzetto dello sport. Com'era la parola esatta? Senza pensarci due volte svoltai per la stradina che portava al retro del palazzetto. Nello slargo mi piegai sulle ginocchia per prendere fiato. Mi misi in ascolto, in attesa del ragazzo. I passi sulla ghiaia si avvicinavano, un'ombra annunciò il suo arrivo. Rieccola, la conferma. Quella speciale telepatia che rendeva possibile riconoscersi senza nemmeno l'uso delle parole.

Si avvicinò a guardarmi. Esaminava i miei pantaloncini. Provai a spingermi verso di lui ma subito mi respinse.

«Niente baci» ripeteva, «niente baci», mentre allungava le mani sul mio addome.

Era brutto. Aveva un rotolo di grasso che spuntava dalla maglia grigia, inzuppata di sudore. Non mi guardò mai in viso, doveva essere quello il gioco, alle cui regole mi stavo prestando come al solito senza riflettere. Non fece in tempo a tirarmi giù i pantaloncini che dal canneto venne fuori qualcosa. Un vecchio dalla pelle scura avanzava a falcate verso di noi. Brandiva una mazza tra le mani. «Jatevenne! Jatevenne!» iniziò a gridare. Ci ricomponemmo all'istante. Si sentì un abbaiare feroce di cani. Ci arrampicammo in fretta lungo la stradina. Arrivati in cima, prendemmo di gran corsa due direzioni diverse senza nemmeno salutarci.

V

Per un po' pensai di far rientrare tutto. Lì fuori c'era una tempesta a cui non ero pronto. Con uno sforzo titanico avrei richiuso l'oblò che avevo spalancato sul mondo, esposto a meteoriti e corpi celesti. Immaginavo il suono sordo che avrebbe fatto, il clangore metallico di una complicata quanto decisiva serratura.

Studiare teneva lontane le nevrosi. Palpavo la mole di appunti e compendi – schemi, mappe, sbobinature che avevo collezionato dall'inizio del corso – come un antistress. Non distinguevo più giorno e notte. La tabella di marcia era superata. Ora che mancava poco dovevo mandare a mente quante più informazioni possibili per poi vomitarle al giorno dell'esame.

Per il sesso non c'era alcuna fretta. Perché ossessionarsi in quella ricerca pericolosa? Prima sarei diventato un medico, poi avrei capito cosa fare del mio privato. Qualora ci fosse stato lo spazio. Avrei scelto la specialità più difficile dopo la laurea, sarei diventato uno di quei medici da serie tv americane. Una vita dedicata al lavoro e alla ricerca. Prima di uscire dal bagno mi fermavo allo specchio e mi guardavo da diverse angolazioni e mi ripetevo: "dott. Tammaro, dott. Pierpaolo Tammaro specialista in neurologia", ma anche "cardiologia, immunologia, primario del reparto di gastroenterologia dell'ospedale di" e così via. L'idea del privilegio, più che i risultati, mi restituiva la forza.

La settimana prima dell'esame fu dura. Dormivo a fatica. Mi svegliavo all'improvviso senza fiato, con un braccio paralizzato. Il richiamo alla realtà mi aspirava via dal sonno. Fissavo sconsolato la mia ombra nel buio. Se mi lasciavo andare ai miei pensieri avvertivo un leggero brusio di fondo, come un vocio che veniva da una sala nascosta.

Da bambino soffrivo già d'insonnia. Mi aggiravo tra le stanze buie in pigiama e mi accovacciavo sul pavimento, convinto che una posizione insolita mi avrebbe restituito il piacere del sonno. Finivo il più delle volte ad acciambellarmi ai piedi del letto dei miei genitori. Una sera mio padre inciampò tra le mie gambe. Subito si buttò su di me bloccandomi le braccia. Pensava fossi un ladro. Rischiò un infarto. «Non riesco a dormire» gli dissi.

Non si parlò di disturbi del sonno. Mio padre il giorno dopo mi iscrisse in palestra. Finiti i primi allenamenti, a letto mi addormentavo dopo cinque minuti da che avevo chiuso gli occhi.

Adesso, anche se mi sfinivo lungo lo stradone arrivando a correre per più di settanta minuti, mi addormentavo sì di colpo, ma continuavo a svegliarmi passate le tre di notte, come avessi un appuntamento. Mi rotolavo infastidito fino alle primi luci dell'alba. A quel punto ero già alla scrivania che ripetevo la struttura degli organi linfoidi.

Arrivai al giorno dell'esame con una palpebra che sfarfallava vistosamente. Alternavo momenti di lucidità a momenti in cui per poco non mi accasciavo. Fuori l'ufficio del professore, un luminare che nessuno aveva mai visto a lezione, sfilavano altre matricole spaventate come me. Avevano già le lacrime agli occhi. Non ero l'unico futuro medico. Le mie pose davanti lo specchio mi sembravano adesso ridicole.

Di fronte all'assistente – «il professore è a Firenze per

un convegno» – mi sentii ancora peggio, un provinciale qualunque.

«Mi parli del femore» iniziò con aria svogliata.

Ero libero di introdurre l'argomento, bene, ero preparato. Galvanizzato dalla fortuna che tornava in mio soccorso portavo avanti la dissertazione senza problemi.

«I muscoli dell'avambraccio» mi interruppe, non senza una certa aria di sfida. Potevo improvvisare, ma il ricordo degli infiniti dettagli di ogni strato – in tutto erano quattro – mi avvilì di colpo. Scena muta.

«Il legamento rotondo dell'utero.»

Niente. Fece altre domande ma ormai avevo perso la spinta. Non potevo concedermi pause. Di fronte al mio silenzio l'assistente mi guardò dispiaciuto e mi disse: «Diciannove».

Uscii dall'ufficio a testa bassa. Volevo evitare qualsiasi confronto e, per trovare sollievo, mi rifugiai in bagno. In cima alla parete c'era un piccolo lucernario. Mi issai sulla tazza. Il davanzale era disseminato di cicche di sigarette. Dalla piccola feritoia si mostrava una porzione della città: tetti, antenne, le gru del porto che si stagliavano contro il blu del mare.

Un piccione venne a farmi compagnia, l'unica che riuscissi a sostenere. I corridoi assiepati di altre matricole ansiose erano l'ultima cosa che volevo vedere. Avevo appena dato un esame ma non mi sentivo più leggero. Stavo perdendo anche l'ultima convinzione che avevo su me stesso: non ero più bravo a studiare. Tutta la mia vita scolastica era stata una continua catena di vittorie – anche all'esame della patente – inanellate con leggerezza, come fosse un fatto ovvio, una conferma di quello che ero e dovevo essere. Ma adesso non riuscivo a recuperare in nessun modo. Dovevo impegnarmi di più? Chiudere con il mondo e riscoprirlo tra sei anni? E se anche in quel momento non mi facessi trovare pronto?

Andai, allora, di nuovo incontro alla città.

Il Policlinico mi gravò sulle spalle, come ogni volta che lo attraversavo, tutto insieme. La zona ospedaliera riproduceva la confusione delle strade della città, il caos dei parcheggi, la folla che occupava il dehors del bar centrale, i motorini che sfrecciavano lungo la discesa in uno slalom continuo tra le radici dei pini. Ringraziai le luci basse della metro, il frastuono che riecheggiava nei tunnel. Mi reggevo forte, rischiavo di cadere a ogni frenata non appena il treno sbucava dalla galleria con un colpo di coda.

Alla mia fermata, nel piazzale degli autobus antistante la stazione, si accalcava la folla dei pendolari. Ogni giorno la stessa battaglia. La palina elettronica segnalava orari improbabili e quasi mai esatti. Gli autobus che attraversavano la periferia erano sempre meno, e il loro sopraggiungere equivaleva a una grazia ricevuta. Aspettavo il mio al riparo dei grossi piloni del ponte. Per tutta l'adolescenza avevo rischiato di essere rapinato lì nel piazzale. Mi toccava nascondermi o avanzare alla fermata successiva. In periferia si diventa uomini per bene mettendosi a lato, in disparte.

Quando sentii una mano poggiarsi sulla mia spalla mi allontanai di qualche passo, prima di girarmi. Era Saverio.

«Ti serve un passaggio?»

Mi guardò con aria preoccupata.

«Ma ti sei spaventato?»

«No, no...» balbettai. Dovevo avere un aspetto orribile. Saverio, tra la folla, sembrava un'altra persona. Aveva un gilet di maglia su una camicia di un giallo acceso. Avanzava con la sua andatura saltellante. Ci fermammo sul ciglio della strada.

«Dov'è la macchina?» chiesi.

«Passa a prendermi Carlo.»

«E chi è?»

«Il mio compagno.»

Non ebbi il tempo di registrare l'informazione che la Punto venne verso di noi.

«Lui è il mio amico dello stradone» specificò Saverio senza presentarmi, mentre ci infilavamo tra i sedili che puzzavano di cane bagnato, né io allungai una mano, né lo fece Carlo.
«Carlo non vuole mai venire. Preferisce andare in palestra, quella prima della rotonda. Dice che quelle campagne sono radioattive.»
Di Carlo ricordo solo il profilo, poco marcato, e soprattutto il braccio abbronzato che sbucava dalle maniche della camicia.
Da dietro, le loro chiacchiere mi arrivavano come da uno schermo. Per un istante mi rilassai, proprio come fossi al cinema, e provai la stessa gioia che provavo da bambino quando nei cartoni animati il topo di turno si rifugiava nella sua casa fatta di formaggio, a sua immagine e somiglianza, così come nelle serie tv americane gruppi di amici ballavano, si amavano, lavoravano nei loro loft di New York. Davanti a me si stava svolgendo una scena simile, accudente come la coperta che rimboccavo all'inizio di una nuova puntata.
«Fermati qui» ordinò Saverio, non appena arrivammo ai cancelli della villa comunale. «Il signorino è un ragazzo discreto.»
Ringraziai con un certo imbarazzo e scesi dall'auto. Il muretto della villa era avviluppato da rampicanti. Mi si riempirono gli occhi di polline. Esplosi in una serie di starnuti. Avrei avuto almeno una scusa per la mia faccia stravolta.

«Sei tornato a piedi? Mi chiamavi e ti venivo a prendere...»
«L'ho passato.»
«Brrravo!» esultò mia madre. Mi strinse il braccio in una presa nervosa. Stava dando coraggio anche a se stessa. Il figlio medico, il titolo più alto su cui avevano investito nella loro vita, tornava a salire in quota. Io avevo studiato, potevo andare lontano. Zia Rosa, quando non si accontentava di sapermi medico, mi voleva primario o rettore, paro-

le di cui non conosceva il significato ma che le suonavano prestigiose.

Per l'occasione, mia madre aveva fritto: mozzarelle in carrozza e crocchè. In cucina c'erano finestre e porte spalancate, la cappa che aspirava, le tende smontate e già in lavatrice insieme alla copertura del divano. Mia madre si lasciava andare ma sempre con cautela.

Mangiai con appetito. Mio padre mi guardava soddisfatto. Era di buon umore, la notizia aveva riportato la speranza. Non saremmo rimasti lì in quelle stanze per sempre, qualcuno si sarebbe salvato.

«Io non sarei mai capace a fare una vita come la tua» era il commento che ripeteva tutte le volte che mi trovava sveglio di notte, a studiare alla luce della lampada. Poteva vivere gli entusiasmi degli altri solo passando da se stesso.

«C'abbiamo un figlio troppo intelligente» commentò allora buttando giù un altro crocchè bollente.

Il giorno dopo mi svegliai tardi. Saltai il pranzo. Mi aggiravo per le stanze senza sapere dove posizionarmi. Mio padre dava il mangime ai suoi canarini. Mia madre era già in poltrona e dormiva a bocca aperta. La giornata non era più scandita dal monte pagine del manuale. Avevo tutto il tempo a mia disposizione ma non trovavo nulla che potessi fare.

Me ne tornai a letto. Guardavo il cielo dalla finestra, luminoso e senza nuvole. Si intravedevano, oltre i campanili, le colline scavate nella roccia. Tutto quello spazio lasciava posto a qualsiasi possibilità. Peccato che non me ne venisse in mente nessuna. Da bambino per sconfiggere la noia dei pomeriggi mi lasciavo invadere da mille idee, costruzioni folli che imbastivo con del cartoncino da disegno che non reggeva mai le mie aspettative architettoniche – capanne per i giocattoli, scenografie per burattini. E alla fine mi trascinavo rassegnato in cucina da mia madre con la frase che ha segnato la mia infanzia: «Non ho nulla da fare».

Adesso, da universitario, oltre alle idee mi mancava soprattutto il coraggio. Compilare una nuova tabella di marcia verso il prossimo esame era fuori questione. In giro era già un fremere verso le vacanze estive, dove andare, come organizzare, cosa vedere. Sentivo al contrario già restringersi attorno alla testa un cerchio stretto.

Spesso tornava a farmi visita l'immagine di quel Carlo che sterzava nelle curve agguantando il volante dal basso. E quella di Saverio che tamburellava sui tasti della radio. Possibile che in un quartiere dove le uniche forme di vita erano piccole famiglie isteriche fosse possibile una simile complicità? Anche senza aver studiato per più di dieci anni? Bene, non avevo e non avrei avuto un compagno, ma di certo non avrei lavorato in un centro commerciale con un contratto part-time, mi andavo ripetendo come unica consolazione all'avanzare di un'estate avvilente.

VI

Agosto è il mese dell'ozio forzato. Chi non si adegua si sottopone a un'estenuante tortura. Mi comportavo come un animale a sangue freddo. Immobile, senza fare sforzi, assumevo il caldo come un fenomeno che il mio corpo poteva accettare. Trentotto gradi minacciavano il nostro terrazzo – all'interno almeno il lavoro remoto dei climatizzatori li portava a venti –, non si smetteva mai di sudare. I reumatismi che mi provocava l'aria condizionata si accompagnavano a una stanchezza avvilente, come avessi la mononucleosi. Una doccia fredda portava sollievo ma solo per pochi minuti. Ne facevo anche quattro al giorno.

Il quartiere era deserto. Il silenzio era disturbato solo dagli allarmi delle case che suonavano per ore, fino a quando le batterie non si esaurivano e restava solo una piccola eco. La presenza della volante che veniva apposta per mio padre rassicurava i pochi rimasti. La signora Liccardo chiese ai carabinieri la cortesia di fare un sopralluogo sul tetto della sua casa: temeva che qualcuno potesse infilarsi da lì in quelle dei suoi dirimpettai.

Mio padre rendeva le cose difficili. «Perché non ve ne andate al mare?» *Salvatevi, voi che potete*. Ma mia madre non se lo fece ripetere due volte.

Mi svegliò all'alba, l'aria già irrespirabile.

In macchina raggiungemmo la spiaggia nel giro di un quarto d'ora. Mia madre tratteneva a stento la contentezza: evitava di guardarmi, e di farmelo capire. Alla vista del litorale, la striscia di sabbia che si allungava uguale per chilometri, si sovrapponevano i suoi ricordi di ragazza, di moglie e poi di madre. Quella spiaggia, prima e anche dopo depuratori e abusi edilizi, ricorreva sempre nei ricordi estivi dei miei genitori. Le isole si imponevano allo sguardo nelle giornate di sole, a nord riconoscevi i fantasmi delle costruzioni in cemento del villaggio Coppola. Issata c'era quasi sempre la bandiera rossa. Non sapevi mai cosa trovavi in quelle acque. Una volta venne fuori una nutria. Si radunò una folla di curiosi che si ripetevano a mezza voce: «Ma che è?... sarà una zoccola». L'attrazione principale dei lidi erano le docce o le piscine a sfioro, vista mare. Che, da lontano, era comunque bello.

Io e mia madre eravamo tra i primi avventori. Insieme a una coppia che completava in silenzio un cruciverba, una signora grassa che a pelo d'acqua si muoveva come un ippopotamo, smuovendo con la mano il fondale a caccia di telline. Spesso, quando c'era poca gente, alle prime ore del mattino era facile incontrare gruppi di tetraplegici a mollo nell'acqua, tra le braccia degli operatori sociali.

Noi passammo il nostro tempo a leggere. Lei alternava riviste a un romanzo di Sveva Casati Modignani, io un thriller di cui non ricordo neanche più il titolo. Mia madre non parlava. La brezza ce lo impediva. Mi rivolgeva di tanto in tanto un sorriso accudente e nostalgico.

«Non stare troppo tempo al sole, non ti fa bene.»

Nonostante la bandiera rossa mi avviai verso il largo. L'acqua restava bassa per molti metri e solo oltre la boa non si toccava più. Lì, con una spinta delle gambe mi adagiai in superficie. Galleggiavo.

Mia madre si era spinta verso la riva, a immergere le caviglie nell'acqua. Lo sguardo sereno ma diffidente, non voleva perdermi di vista. Non poteva raggiungermi, non sapeva nuotare.

Nemmeno mio padre sapeva nuotare. Due napoletani con la paura dell'acqua. Loro preferivano la terra, dove minacciavano di spedirmi a zappare sotto il sole se non mi comportavo bene. Io ho imparato tardi a nuotare. Loro non si arrischiavano a lanciarmi nel vuoto. Non lo avevano fatto i loro genitori – i quali zappavano sul serio la terra – che comunque ogni estate attraversavano l'area cumana in lunghe carovane per raggiungere il mare.

Tra i canneti, in una vecchia casa che una prozia di mio padre affittava durante l'estate, i miei genitori mi avevano concepito. «Pioveva» si lasciarono sfuggire.

Quel litorale li conosceva molto meglio di me. Li aveva visti crescere, prima a seguire le sottane delle madri che li portavano a fare i bagni – solo dove si toccava –, poi da ragazzi a rubare pannocchie, nelle villette a schiera prima che fossero abbandonate, diventando ostaggio dei vandali. Un giorno il mare li aveva accolti nell'acqua calda del tardo pomeriggio. Mano nella mano. Mia madre con gli occhiali da sole grandi da diva. Mio padre con il costume a slip. Con la bassa marea potevano spingersi lontano e accucciarsi in acqua. Il languore del pomeriggio permetteva qualche timida bracciata. Se non che un movimento sotterraneo, lento ma insistente gli impedì di tornare a riva. Le bracciate si facevano più scoordinate, non spostavano l'acqua, cercavano di afferrarla come una fune. Non riesco proprio a immaginarli boccheggiare, sputare l'acqua salata, lottare contro la corrente, piuttosto li vedo affogare piano, rassegnati alla spirale del mulinello.

La loro versione cambiava ogni volta.

A salvarli era stato prima mio nonno, che era un uomo robusto, poi il bagnino, a volte anche un paio di bagnanti accorsi in acqua.

Raccontavano questa storia senza pathos. Come non

si trattasse di un trauma. Sarà stata solo la corrente? O forse si erano spaventati perché non sapevano nuotare? Io li immaginavo piccoli piccoli, abbracciati l'una all'altro come due eschimesi su un isolotto di ghiaccio portato alla deriva.

In quel racconto la statura di mio padre, già esigua, veniva ridimensionata ancora di più. Come la mattina dell'arresto, mentre scendeva le scale scortato dai carabinieri, le gambe e i piedi troppo piccoli per l'uomo che mostrava di essere. Tornati a riva avranno ripreso in silenzio la strada di casa. Tra le campagne abbrustolite dal sole, dove la salsedine non arrivava più, siglavano un patto solenne: avrebbero passato il resto della loro vita al sicuro tra le mura della casa che stavano costruendo. Niente avventure.

Un'onda obliqua mi bagnò la faccia. Mi ripulii gli occhi e tornai a osservare mia madre che era ancora sul bagnasciuga. Guardava nella mia direzione. Il mare era sempre lo stesso e lei continuava a non fidarsi. Io, in segno di sfida, tornai a riva a grandi bracciate, le spalle larghe che scivolavano sulle onde senza paura. Avevo imparato a nuotare un'estate nella piscina di un amico – indossavo braccioli di Batman –, lontano dai miei. Non ci avevo mai pensato ma, in acqua, sfuggivo a qualsiasi legame.

Tornammo a casa, asciugamani in spalle, non appena partirono i balli di gruppo, verso mezzogiorno.

Il guardiano all'ingresso ci salutò con riverenza, come a scusarsi se la spiaggia ormai affollata ci avesse respinto. In ogni caso dovevamo rientrare per ora di pranzo. Mio padre ci aspettava, aveva fame.

In uno dei caseifici a metà strada, con mezzo chilo di bufala, mia madre aveva rimediato. Era già rientrata nel suo ruolo. Al ritorno lasciò guidare me. Lei si aggrappava alla manopola sulla portiera a difendersi dallo sfilare, oltre il finestrino, di ristoranti pacchiani, atelier per abiti da spo-

nobilifici incendiati e piccoli cumuli di spazzatura che segnavano la via di casa.

Non appena imboccato il vialetto anch'io sentii la gola restringersi. Gli angoli di casa, il caldo opprimente e le urla della signora Liccardo e dei suoi nipotini non davano vie di fuga. Casa Tammaro restava il posto in cui trascorrere il resto della nostra vita.

In chat gli utenti che comparivano nei miei paraggi erano pochi, l'unica novità era qualche turista asiatico. Avevo ormai perso il controllo delle mie giornate – studiare era impossibile – e senza accorgermene passavo i pomeriggi a ricaricare la home della chat che aggiornava sempre gli stessi profili. Ero solo. L'ultimo uomo sul pianeta. Come vivessi sotto una cappa inquinata che non lasciava scampo, nemmeno a guardare le traiettorie degli aerei che decollavano alle spalle dell'ultimo orizzonte di tetti e antenne. Il mondo finiva nei contorni del mio quartiere.

Mi venne in mente un gioco che da bambino mi propose un ragazzino. Era il figlio di un'amica di mia madre. Mentre loro bevevano il caffè e si concedevano il lusso di fumare una sigaretta in cucina con le finestre aperte, noi giocavamo aggrappati alle inferriate del terrazzo. Sputavamo giù grumi di saliva, incantati dalla discesa lieve come neve. Di fronte alla distesa di tetti che si allungava all'infinito, mi pose a bruciapelo un dilemma metafisico.

«Se non c'è più nessuno, chi chiami?»

«I miei genitori» risposi.

«Ho detto che non c'è più nessuno, chi chiami?»

«Rafilina.»

«Non c'è.»

«La signora Sisina.»

«Nemmeno.»

«La maestra Angela.»

«Non vale.»

«Allora zia Rosa.»

«Non hai capito allora. Non esiste più nessuno.»
Il giorno dopo mia madre si assentò per pochi minuti chiamata giù dal postino. La cercai a gran voce. Ma nessuno rispose. Mi piazzai al centro del corridoio disperato e in lacrime.

Possibile che oltre tetti, verande e piccionaie, anche spingendosi oltre le montagne scavate non arrivasse alcun segnale di vita? Probabile. Erano tutti partiti. Per quanto la chat desse l'illusione di una presenza continua e inesauribile, al momento non c'era nessuno disposto a farmi recuperare tutto il tempo che temevo di aver perso.

VII

«Perché non vai al mare con Angelo? Niente Ischia quest'anno?»

Sollevare domande che non ottenevano risposte era l'unico modo che aveva mio padre per affrontare una verità che altrimenti l'avrebbe deluso: ero senza amici.

In barca quest'anno probabilmente c'erano tutti, prima di partire in massa per Mykonos. Avevano affittato un pulmino e cinque bungalow. A parte il mal di mare, la mia goffaggine nel saltare gli scogli nonché la mia incapacità a guidare un motorino, l'idea di trascorrere quasi un mese sotto un regime di forzata spensieratezza inneggiando alla magnanimità di Angelo che pagava il tavolo in discoteca per tutti il giorno del suo compleanno mi lasciava senza fiato, un peso sullo sterno.

Al mare, allora, ci andavo da solo.

Una mattina arrivai più presto del solito. Gli occhi ancora appannati moltiplicavano l'iridescenza del mare. La coppia del cruciverba non c'era. Il tenutario del lido mi offrì la loro sdraio a riva. La spiaggia era deserta, lo spazio immenso, le isole vicine, quasi raggiungibili a piedi data la bassa marea. In quell'aria primordiale, senza storia, mi aggiravo per la spiaggia libera. Costeggiavo la battigia, l'acqua alle caviglie, le onde che si alternavano e lasciavano aloni che brillavano al sole, come un miraggio che inviti a proseguire. E continuai. Oltrepassai ancora un paio di stabilimenti. La brezza dava sollievo, ma gli ombrelloni sbatacchiavano con troppa violenza. Bagnini solerti richiudevano quelli che rischiavano di prendere il volo. Erano scuri e dai capelli chiari, la pelle bronzea. Non ero l'unico che si era soffermato a contemplarli. A pochi passi da me un uomo dalle spalle piccole e le gambe sottili percorreva con lo sguardo la mia stessa traiettoria, il petto del bagnino. Aveva la barba chiazzata di bianco, lo sguardo intelligente e teso. Io e l'uomo ci riconoscemmo, come due fantasmi. Mi girò intorno. Io avevo arricciato le dita dei piedi sotto la sabbia.

«Hai da accendere?» Aveva una cadenza lamentosa.

Feci no con la testa, accigliato. L'interazione improvvisa con un altro essere umano mi fece perdere il controllo. Più lui era sfrontato più mi sentivo braccato dalla mia stessa eccitazione.

«Io sono Enzo» cantilenò, la voce effeminata.

Non ero lucido, sarei rimasto impalato, i piedi sotto la sabbia se quell'uomo non avesse iniziato a parlare di non so che, facendo scivolare una mano lungo la mia schiena. Passeggiammo per un po', sempre a riva. Approfittò del mio mutismo, che forse era solo cieca determinazione, per rendersi ancora più audace: «Abito in quelle villette dietro i pini, a due passi».

Mi stavo allontanando. Il buio della pineta, varcata la linea d'ombra, si riempì di palline colorate. Più chiudevo gli occhi, più ne vedevo. Il fogliame scuro in controluce era la scenografia adatta a quella spinta irrazionale che mi portava a seguirlo, come il personaggio di una fiaba, lungo una stradina assiepata ai lati di cumuli di aghi di pino secchi. Lo scatto del cancelletto all'ingresso di casa sua suonò amplificato.

Mi diede da bere dell'acqua, senza la possibilità di scegliere, non eravamo lì per un tè. La casa era impregnata ll'odore di resina. L'arredamento spartano, tavole e sedie da pic-nic, una cucina riesumata da una vecchia casa anni Sessanta. I dettagli passavano, come sempre in quei casi, davanti ai miei occhi come una moviola. Poi Enzo si portò accanto a me, si sedette e mi fissò le ginocchia scure e calde. Ci poggiò una mano, come stringesse un pomello.

«Che belle che sono.»

Ebbi un vuoto allo stomaco. Non ero capace di riconoscere il piacere. Mi facevano schifo le sue mani lunghe con le unghie mangiucchiate che stavano risalendo sul mio petto, le mandibole asimmetriche che spingevano il tessuto della mia maglia e quegli occhi piccoli tenuti chiusi stretti che mi trovai di fronte insieme a una zaffata di pino silvestre. Stavo facendo qualcosa di pericoloso o forse solo di inaspettato. Ma la paura non si realizzava nella fuga, bensì nell'impeto, nella lingua che affondava in quella bocca che aveva un sapore evidente di dentifricio, nella forza con cui stringevo le sue braccia. A ogni sua iniziativa mi scappava un leggero lamento. Voleva spogliarmi ma io no. Mi sfilò la maglia dopo un paio di tentativi, il costume era già scivolato al ginocchio. Nonostante mi rivoltasse la sua grossa pelata cercavo comunque il contatto, il minimo indispensabile per abbandonarmi, venire e acquistare lucidità. Gli spinsi la mano giù, guidandolo piano. Dovevo concludere. Ma Enzo se la prendeva comoda, aveva tutta un'altra idea di come condurre un rapporto occasionale. Io dovevo venire al più presto. Lo ricondussi con più decisione.

«Quante storie!» tuonò.

La paura riassunse il suo aspetto. Realizzai all'istante il pericolo: in meno di un secondo avrebbe preso il posacenere sul tavolo e me l'avrebbe spaccato sulla fronte, facendo schizzare la mia testa contro il muro. Avrebbe pulito tutto e poi mi avrebbe gettato in uno dei tanti roghi di aghi di pino nella pineta.

«Sei pieno di fastidi, tu.»

Mi guardò contrariato. Si abbassò verso di me e prese a maneggiarmelo a ritmo sostenuto. Con l'altra mano mi strinse forte le tempie, poi allargò il palmo a contenere tutta quanta la mia faccia e la spinse con forza di lato, come volesse strapparmela dal collo. Non opposi resistenza, mi lasciai sopraffare e venni in breve tempo ansimando in maniera eccessiva, come sbucassi da una paralisi del sonno.

Andò a prendere della carta. Io ero già in piedi che cercavo una via d'uscita.

«Vai già via?»

«Sì, ho lasciato la borsa in spiaggia...»

«Eh, ne trovi due» disse, ridendo. «Corri, dai. Ma devo ritenermi sedotto e abbandonato?» Seduto sulla sua sedia di legno, i segni irrevocabili della vecchiaia – la calvizie, i peli delle orecchie, la barba bianca, l'espressione mansueta e delusa – rendevano la sua battuta poco credibile, un'ultima traccia di desiderio. Gli diedi comunque il mio numero, non sapevo dire di no.

La brezza della spiaggia era rassicurante. Formulai, tornando all'ombrellone, una promessa: quell'episodio andava spazzato via dalla memoria. Nessuno mi aveva visto, c'era tutto lo spazio per una rimozione efficace. Felice della mia indulgenza, ritrovai la borsa ancora lì, dentro non mancava nulla. Non avevo lasciato prove. Assolto.

VIII

Un violento temporale rovesciò quasi tutte le piante alte poco più di un metro, spaccò un vaso, spinse in un angolo due sedie che per fortuna non volarono giù. Mia madre chiudeva gli occhi quando il vento ululava furioso e i tuoni riempivano in un istante mezza volta celeste. Anche la natura non ne poteva più del caldo.

All'alba risollevai con mio padre tutti i vasi capovolti, facendo leva col piede sulla base delle cycas più pesanti. Il temporale aveva abbassato la temperatura. L'aria era fresca, le facciate degli squallidi edifici del quartiere rischiarate, pulite, così come l'asfalto limaccioso della strada.

Ci portammo entrambi alla ringhiera a guardare giù, se la tempesta avesse fatto altri danni. C'era solo un albero piegato, e le tende di un balcone stracciate. Mio padre si trattenne più del dovuto. Aveva lo sguardo concentrato, magari non pensava a niente ma a me risultava impenetrabile.

Mentre noi ce ne andavamo al mare lui non voleva essere da meno: posizionava una sdraio al centro del terrazzo, si metteva in costume e passava l'intera giornata sotto il sole spalmato di olio abbronzante. Aveva una natura competitiva, o forse voleva solo essere solidale con la nostra estate.

«Pierpà, devi portare un po' di pazienza.»
Abbassai le orecchie. Ogni volta che mio padre deponeva la sua grossa personalità per venire a parlare con me provavo un imbarazzo impediente.
«Non è la fine del mondo, è solo un contrattempo. Tu sei intelligente, capisci. Papà ha lavorato troppo, e quando lavori troppo qualcosa prima o poi ti sfugge, qualcuno ti frega sempre, è umano. L'importante è che io e tua madre siamo in salute. Dobbiamo fare ancora un sacco di cose insieme. Appena finiscono i domiciliari, lo giuro, ci mettiamo a cercare quella casa in Toscana dove passare la vecchiaia... tu ci verrai a trovare o no?» E continuò la lunga apologia dei suoi progetti, dandomi una pacca affettuosa sul collo.
Sarebbe stato patetico chiedergli cosa sarebbe invece capitato a me, e non a loro? Se, a ridosso di quell'estate, mi aspettava un altro anno simile ai precedenti, all'insegna dell'insignificanza.
«E io?» ci provai.
«Tu cosa?»
Scrollai le spalle.
«Tu devi studiare. Di che ti preoccupi? Qualche esame tosto? Ma perché stai sempre a casa? Angelo che fine ha fatto? S'è trovato una ragazza? Pierpà, ognuno c'ha i suoi tempi...»
Questo poteva darmi.

Al mare non ci andavo più. Mi portavo, a volte, in città verso sera. Tutta vuota e illuminata. Passeggiavo e bevevo chinotto. Per quanta familiarità avessi con le piazze, le feste universitarie, per quanto mi orientassi per quelle strade meglio dei miei amici che lì pure abitavano, arrivava sempre il momento di mettersi in macchina e tornare nell'anonimato della periferia. Durante i rientri facevo delle deviazioni. Spesso passavo fuori casa di Francesco. Così. Guardavo il gabbiotto all'ingresso, il guardiano con lo sguardo fisso su un televisorino. O mi lasciavo cullare lungo le curve dei Ponti Rossi, le rotonde deserte, mi allontanavo nei quartieri periferici anche se solo per pochi incroci. Il languore di quei giri placava la paura che vivevo nelle prime ore della giornata, quando il caldo, i suoni e le voci di casa mia sembravano essere le uniche cose che avrei sentito per il resto della mia vita. Ma il bello di vivere in una città come Napoli è che, nonostante la sua grandezza, fa ancora fatica a comportarsi da metropoli. Molti quartieri restano appartati, inaccessibili. Offrono così l'illusione del rifugio, di un angolo sempre pronto dove potersi nascondere.

Parcheggiai la macchina in garage. Fuori il tramonto si spegneva in un rosa languido. I pipistrelli volteggiavano nel perimetro del cortile. Il mio cellulare vibrò.

"Ciao bell'uomo. Non vieni più al mare?"

Da lì al mare ci avrei impiegato meno di un quarto d'ora. Com'era la spiaggia di notte? Chi si aggirava per quelle strade già abbandonate di giorno? Immaginai l'uomo della pineta mangiare uno yogurt in piedi a notte fonda. Magari si rimetteva a letto. Non riusciva a dormire. Allora dava un'occhiata al telefono nel caso in cui un ragazzo molto più giovane di lui fosse così ingenuo o gentile da abboccare, arrivare fin lì senza il suo minimo sforzo e regalargli una notte di sonno.

Quanto mi sarebbe piaciuto lanciarmi nella strada buia, sentirmi di nuovo preda del pericolo, senza difese se non il mio istinto, parcheggiare nella pineta, appiattirmi sul sedile e guardare la luce accesa della sua cucina. Stavo per mettere in moto, le mani sulle chiavi. Potevo ripartire con una brusca retromarcia e risalire la rampa come in un lancio spaziale. Ma c'era ancora tanto tempo, mille altre occasioni per rilasciare quel desiderio opprimente prima di arrivare a essere un uomo attempato che soffre d'insonnia.

Cancellai il suo numero e dal buio dei garage risalii al sesto piano, casa mia.

Non appena riaprirono le attività, tornai in copisteria a ritirare la dispensa di fisica. Era un magazzino che dava sulla strada, come una vecchia bottega, dove smerciavano appunti e pubblicazioni scientifiche quasi fossero fasci di verdure. Non sempre erano affidabili. Al mio volume mancavano le slide sulla meccanica dei fluidi e le esercitazioni pratiche. Tornai il giorno dopo. Ci misero un bel po' per ritrovare i file mancanti. Ma non mi innervosii, anzi, l'odore caldo della stampa e quel ritmo serrato da fucina accompagnavano la lista di buoni propositi che avevo fatto ora che l'estate stava finendo e un altro anno stava per iniziare.

Tra gli scaffali e il bancone si aggiravano tesisti ansiosi a caccia di possibili refusi in copertina. Alla cassa, una lunga panca di compensato, ritrovavo sempre lui, il commesso dalla testa grande, dalla voce suadente nella sua assenza di inflessioni dialettali. Mentre la stampa proseguiva gli fissai a lungo le spalle. I banchi dell'usato erano un'ottima postazione. Non contraccambiò subito, era sempre preso da qualcosa, o da qualcuno con cui chiacchierava a mezza voce sorseggiando caffè da un bicchierino di plastica. Mi piacevano le sue polo, blu o rosso scuro, le braccia che sbucavano sottili e abbronzate, la leggera curva del tricipite che scompariva nella manica. Aveva una massa di capelli crespi quasi sempre umidi di sudore, sulla fronte e dietro le orecchie. Si intratteneva per lo più con vecchi insegnanti che rivendevano libri di scuola o con qualcuno che passava lì a tenergli compagnia negli orari morti. Era solo una fantasia, un piacevole passatempo mentale. Ma arrivò improvviso quella mattina a stampa ultimata un suo cenno, un sorriso a fior di labbra supportato con una leggera spinta delle spalle. L'eccitazione mi colse impreparato. Da protocollo mi sarei dovuto avvicinare, presentarmi e, dopo aver abbassato la saracinesca a metà – eravamo vicini all'orario di chiusura –, portarmi con lui nel retro. Prospettiva che da un lato mi eccitava a morte, dall'altro deludeva i miei buoni propositi: evitare distrazioni, eliminare le app di incontro, ridare fisica, camminare a testa bassa e sfuggire alle occhiate trattenute. Carico di frustrazione, ritirai lo scontrino e andai via senza salutare.

Il libraio sarebbe rientrato nel novero delle occasioni perse se non lo avessi riconosciuto pochi giorni dopo sulle scale mobili della metro di Salvator Rosa, aveva la polo blu. E poi ancora tra la folla sulla soglia di una pizzeria dei Tribunali, aveva la polo rossa, dove alzò le sopracciglia nella mia direzione. Io tentai un saluto che somigliava di più a una smorfia di paura. Ma avevano appena chiamato il suo tavolo e scomparve con i suoi amici. Rimasi per un'ora fuori. Indeciso se aspettare che uscisse o entrare a mia volta. A fare che?

L'immagine del gruppo di amici che entrava in pizzeria mi perseguitò per giorni. Mi ricordava che le mie occasioni sociali erano ridotte a zero. Che l'unica possibilità che avevo era girare a caso come un matto.

Installai di nuovo l'app. Comparivano quasi sempre gli stessi profili, la solita tiritera di "ciao, come va, cosa cerchi" risultò avvilente. Ma non riuscivo a trattenere la paura di stare perdendo qualcosa. E dopo giorni di monitoraggio, dove la delusione più volte mi provocò il pianto, riconobbi il suo cespuglio di capelli folti. Non aveva nickname ma in compenso una foto del profilo chiara. Gli inviai d'istinto due mie foto, dove speravo di aver fatto un uso sapiente della luce. Ricevetti una sua risposta due settimane dopo. Furono giorni pesanti.

Sfiderei chiunque a cercare negli algoritmi di internet tutte le combinazioni possibili per avere informazioni su una persona incontrata per caso e non sentirsi giudicato come un disperato. Ma quando mi avvicinavo al cellulare con passo da lince, pronto a una nuova e faticosa seduta, stavo solo esprimendo il bisogno di saperlo lì da qualche parte come un'intima forma di tenacia.

"Ehi ciao, scusa ma ogni tanto mi perdo dei messaggi. Come va?"

IX

Non avevamo un appuntamento fisso. Poco prima di cena controllavo se fosse online e, a turno, uno dei due prendeva l'iniziativa. Io portavo il conto, stavo sempre attento a stare in pari.

Mi dedicavo a un'ipocrita forma d'ascesi: i chilometri percorsi lungo lo stradone, le lezioni mai mancate, non erano una via di fuga ma una tangente, una strada secondaria per evitare di portarmi sotto le mura della città come un eroe acheo a gridare a gran voce il suo nome: Elia.

Le nostre discussioni erano cortesi, mantenevano una buona soglia di discrezione. Si tenevano in piedi grazie a piccole incursioni nelle nostre vite personali, offrendo materiale a sufficienza per lunghe divagazioni che ci tenevano lontani da domande dirette e scomode. Accennando al mio esame di anatomia finimmo a parlare per un paio di volte del comportamento dei linfonodi, complice una sua leggera ipocondria. Al mio educato interesse per l'argomento della sua tesi di laurea in sociolinguistica, mi passò parte della bibliografia, che smisi di leggere dopo aver incontrato per due volte la parola "isoglossa". Fu uno sforzo non da poco sostenere per più di un mese una simile capacità dialettica.

Cosa ci fosse dietro quel continuo divagare non era lecito sapere – non aveva voglia?, qualche situazione in sospeso? – e una sua eventuale scomparsa non poteva essere motivata. Qualcosa impediva l'incursione nel reale. E io ero ancora impreparato al rifiuto.

Si assentò per una settimana. Non mi allarmai, ma ero sempre in agguato. Riuscii a sostenere la possibilità di una sua sparizione definitiva – quanta fatica sarebbe costato ritrovarlo per le strade di una metropoli, per non parlare degli angoli infiniti di internet – anche grazie al sopraggiungere dell'autunno. La smania dei mesi estivi si andava distribuendo in una breve serie di buoni propositi: ridare fisica, tornare allo stradone, compilare la domanda Erasmus e, nel caso, accettare l'invito a pranzo che i ragazzi del primo anno avanzavano ogni giorno in aula studio. Distrarsi, in qualche modo.

Scelsi allora di essere amico di tutto, dei ritardi infiniti degli autobus, del carabiniere che beveva il caffè nella cucina di casa nostra, dei miei che si addormentavano con la tv accesa, anche delle ragazze del gruppo di studio che salmodiavano a fior di labbra capitoli interi del manuale.

Provavo a essere amico anche del pallino vuoto che indicava che lui era offline. Da giorni.

Questa serenità costruita sparì, non appena ricomparve il pallino verde – online – dopo ormai dieci giorni, secondo la cronologia della chat. Non mi trattenni. Gli chiesi, senza mezzi termini, come avrei voluto fare dal primo momento, se avesse voglia di incontrarmi.

"Sì, perché no?"

L'appuntamento era in piazza Vanvitelli, intorno alle nove.

Luogo e ora, mi resi conto, troppo generici. Mi presentai con dieci minuti di anticipo e, non sapendo su quale lato della piazza aspettarlo, presi a girare intorno. Elia mi arrivò alle spalle. Aveva un orribile piumino blu elettrico, i capelli arruffati gli gonfiavano la testa.

Non avevamo una meta precisa. Era un martedì sera e le strade vuote erano troppo intime. Da una settimana le temperature si erano abbassate di qualche grado, e quello fu l'argomento di cui parlare per un bel po', il tempo di risalire, seguendo la strada, fino alla Certosa di San Martino. Arrivati in cima prendemmo due birre, medie, chiare, standard. Avevamo ancora delle riserve a esprimere gusti e abitudini. Nessuno si sbilanciava. Portarono un secchiello con le arachidi ma non le mangiammo. Nonostante ci fossimo scritti per un mese, in quel momento Elia per me era un perfetto sconosciuto e così io per lui. Il gesticolare accorto, la voce infantile ma spontanea, le unghie corte e il neo sulla tempia destra, erano particolari che si rivelavano solo adesso. Le nostre chat erano state una gara a chi si dimostrava più sagace, come due pubblicitari in piena fase creativa. Adesso invece sorseggiavamo piano le nostre birre per non rischiare di finirle troppo presto e di non avere una buona scusa per riempire il silenzio.

«Come va col lavoro?»

«Sono ancora in libreria. Fino alla fine del mese, quando i libri di scuola non si vendono più.»

«E poi?»

«Poi me ne cerco un altro.»

Aveva l'aria stanca. Gli occhi gonfi, a volte era costretto a chiuderli e massaggiarli.

«Scusami ma è stata una giornata pesante.»

«Vuoi tornare a casa?»

L'ambiguità della mia richiesta rimase sospesa. Elia sembrò pensarci per qualche secondo.

«Passeggiamo ancora, fino alla macchina.»

Lungo la strada, mentre mi parlava di un nuovo lavoro per una Onlus che si occupava di dispersione scolastica, accoglienza immigrati, corsi di italiano per stranieri – lui era nel team del doposcuola – io pensavo solo a come sarebbe finita la serata. Perché di certo non lo avrei deciso io. Aspettavo direttive. Ma l'ambiguità della mia proposta non era stata spiegata e la frustrazione aumentava a ogni via che svoltavamo.

«Si guadagna così poco. Però ti fa sentire utile... ok sto parlando troppo, scusami.»

«Ti ascoltavo.»

«Raccontami della tua giornata.»

«Siamo arrivati alla macchina.»

«Allora vediamoci un'altra volta.»

«Non vuoi un passaggio a casa?»

«Abito alle spalle del mercato.»

«Ok, non lo sapevo.»

«Mi ha fatto piacere conoscerti.»

Lo guardai di spalle. Avanzava veloce sotto la luce bianca dei lampioni, il passo lungo, quasi correva tra le ferraglie dei banchi vuoti.

Ci misi un po' a mettere in moto. Guidai con una certa riluttanza, feci dei giri a vuoto nella piazza. Inutile attardarsi, non era successo nulla. Imboccai la strada verso casa, a mani vuote.

Si fece vivo lui. E con una certa insistenza.

Pensavo che per ovviare a un altro incontro avrei dovuto aspettarmi una nuova congiunzione astrale e invece arrivò una domanda secca: "Mercoledì ci sei?". "No." "Giovedì?" "Ok."

Si fece trovare all'uscita della metro. Aveva in mano due birre già stappate. In una piazza lì vicino c'era un concerto di musica tzigana. I militari pattugliavano la zona, le persone arrivavano da ogni vicolo. Del palco si vedeva poco, la musica allegra agitava la folla che ballava e filmava il tutto col cellulare. Non parlammo. Ci tenemmo lontani dalla calca, tra un gruppo di cinquantenni che assisteva al concerto a braccia conserte. Elia ebbe il buon senso di non chiedere se mi stessi divertendo. Non sono mai stato capace di trasmettere entusiasmo. Anche lui, del resto, non si sbilanciava più di tanto.

Al momento sapevo che Elia non era brutto, non era vecchio, non emanava cattivi odori. Non era della provincia, aveva un accento accettabile. Frequentava posti che non frequentavo, aveva gusti musicali curiosi e nulla a che vedere con la mia vita precedente. Il concerto finì. La folla si dileguò scalciando le bottiglie vuote che scivolavano lungo i basoli in pendenza. Nella fiumana di gente che intasava le uscite della piazza, senza preavviso, Elia appoggiò la sua mano sul mio fianco. Un gesto semplice, una spinta, accettabile anche tra maschi. A quel tocco consegnavo senza saperlo tutto me stesso e quello che sarebbe venuto dopo. L'impazienza si placava nella sua scia, se qualcuno mi avesse chiesto il mio nome avrei fatto fatica a rispondere. Dove ti trovi? Nemmeno quello sapevo.

Ci eravamo allontanati verso strade più buie. Elia mi portò in uno slargo appartato. Mi disse che quello era il posto che preferiva in città, avrebbe volentieri preso casa lì, gli dava l'idea di essere al centro del mondo. A quel punto allungò il braccio contro la mia schiena e mi baciò con un'espressione trattenuta, come se mi stesse cadendo addosso. Facesse pure.

Per quei primi appuntamenti, i vicoli bui diventarono il nostro habitat naturale.

Una sera ci mischiammo tra la folla dei bar solo per fingerci due avventori qualunque, mentre il nostro obiettivo era trovare un portone male illuminato. Lì Elia mi spinse piano contro il muro. Io mi scoprivo senza paure, mentre lui schizzava gli occhi a destra e a sinistra. Dalle persiane di un balconcino sbucò la testa rasata di una ragazza, ci stava guardando. Elia si staccò da me e si infilò le mani in tasca, come un bambino sorpreso a rubare. La ragazza ci rassicurò sventolando le mani: «No, no, non vi preoccupate, io sono come voi!». Gridò, nel buio del vicolo, la sua benedizione. Fuggimmo comunque per scale abbandonate, lungo mura antiche e scure. Le prime piogge avevano svuotato le strade. Noi andavamo sotto un piccolo ombrello senza una meta precisa. Non appena smise ci liberammo dalla stretta e girammo a vuoto attorno a un lampione senza avere nulla da dirci. Non ricordavo mai dove avessi parcheggiato.

Tutto il messaggiare che seguì non poteva sfuggire agli occhi di mia madre. Quando il mio cellulare squillò alle undici di sera non si trattenne e con fare inquisitorio mi chiese: «Chi è che ti scrive passate le dieci?».

I suoi erano sempre tentativi fallimentari. Non era furba. Non sapeva mantenere il giusto distacco da spettatrice, non valeva per lei quella verità generica per cui una madre sa, non le sfugge niente. Era solo gelosa.

«Nessuno» risposi.

La sua curiosità mi sorprese. Le piaceva indagare sulla vita degli altri – più volte l'ho vista stesa a terra, l'orecchio poggiato a un bicchiere capovolto per ascoltare i litigi degli inquilini del piano di sotto – ma non sulla mia.

Non le avrò mai dato grandi soddisfazioni. Non ho mai lasciato in giro diari, lettere, siti porno nella cronologia, preservativi nascosti nel cassetto o altre tracce di una vita privata. Forse perché non ne avevo mai avuta una.

X

Non era nella mia natura prendere iniziative. Nonostante la smania mi portasse a volte l'emicrania, continuavo ad aspettare che gli altri agissero per me. E le proposte di Elia seguivano un tempismo perfetto. Una sera, non appena dai balconi della 167 si levarono le note distorte di un pezzo neomelodico, arrivò un suo messaggio: "Guardiamo un film, da me?".

Partii da casa puntuale, con lo spirito di un impiegato. Sapevo a cosa andavo incontro ma, più che curiosità, questa volta mi spingeva il senso del dovere. Come se nell'invito di Elia si nascondesse una volontà che mi voleva, dopo un po' di chiacchiere e un bicchiere d'acqua di cortesia, con i pantaloni abbassati.

Abitava in un parco residenziale in via Fontana, una lunga curva assiepata di auto dove le radici dei pini spaccavano l'asfalto. Casa di Elia era al quarto piano di un edificio uguale agli altri. In ascensore mi arrivò l'odore del mio bagnoschiuma. Mi ero lavato a dovere, con acqua bollente.

Elia mi aprì la porta in ciabatte, larghe e colorate. Non appena la richiuse mi diede un bacio imbarazzato, trattenuto.

«Hai fame?»

«Non molta.»

«Non ho ancora cenato. Ti scoccia?»

«No, va bene.»

Mi ero fatto l'idea di una casa buia, abitata da più persone, dove avremmo attraversato in fretta il corridoio per poi infilarci in camera. Invece il salone era illuminato da un grosso lampadario, il resto della casa vuota. Elia non mi aveva detto di abitare da solo.

«Se vuoi un po' d'acqua prendila dal frigo, e già che ci sei tira fuori anche quel pezzo di formaggio.» Non ero capace di rendermi utile e in breve tempo finii su una piccola sedia di paglia ad aspettare che qualcun altro cucinasse per me. Elia si dava da fare. Spaccava i pomodorini a metà con una certa precisione. Il colpo secco, netto, le falangi a tenere fermo il pomodoro descrivevano una manualità a me sconosciuta. Di solito quando mangiavo da Angelo prendevamo sempre qualcosa d'asporto e di grasso. Se qualcuno di noi cucinava, al massimo bruciacchiava un hamburger in padella. A pensarci non ero nemmeno capace di farmi un piatto di pasta.

La cucina si era riempita di vapore. Elia spalancò la finestra e calò gli spaghetti.

«Che film pensavi di vedere?» buttai lì dopo un po'.

«Tu hai qualche preferenza?»

«Non ci ho pensato.»

Non ero un appassionato di cinema, non ricordavo nemmeno l'ultima volta in cui ci ero stato. Ci fu un breve periodo in cui con Angelo provammo a guardare Kubrick, ma senza successo. In questo caso ero convinto che il film fosse una buona scusa per ritrovarci dopo tanto vagabondare in un luogo più intimo. E invece passammo il resto della serata a cercare un titolo valido nella vetrina di Sky. Non ero abituato a cerimonie così lunghe ma, conoscendo l'esito della serata, la cosa non mi preoccupava. Mi ero messo buono buono sul divano, lo stomaco pieno ad aspettare che facesse tutto lui.

Ero attratto dagli arredi della casa: le pareti del salone

tappezzate di quadri, la grande specchiera che ne interrompeva la sequenza. Di fronte a me c'era un ritratto di un cane da caccia. Una leggera sproporzione tra le zampe posteriori, piccole e gonfie, e quelle anteriori, lunghe e distese, lasciava pochi dubbi sulla mano dell'artista.

«Li ha dipinti tutti mia nonna» specificò Elia. «L'hai visto l'ultimo di Lars Von Trier?»

«No.»

L'informazione mi rassicurò: mi tornavano le poltrone di pelle grumosa, il vaso di Vietri, il cabaret ricolmo di caramelle e cioccolatini, i dipinti amatoriali. Si allargava lungo le suppellettili uno spettro benevolo, la presenza tangibile di una famiglia. Ma perché invitarmi nella casa di sua nonna?

«Al cinema l'hanno tenuto poco.» Elia insisteva.

Non avevo nulla da obiettare: «Va bene».

Per me bastava che la tv mandasse immagini colorate e qualche suono che spazzasse via l'imbarazzo dello stare lì impalati senza far niente. La mia attenzione crollò dopo dieci minuti. Elia stava appoggiato all'altro bracciolo del divano, il posto centrale lo occupava la sua gamba. Lì poggiai la mia mano. Il palmo che copriva il ginocchio, come una mossa da morra cinese che non dava scampo. Elia spostò piano la gamba e in un gesto maestoso si allungò verso di me finendo per poggiare la testa sulle mie ginocchia. E tornò a guardare la tv.

Io iniziai a scivolare giù, piano. A ogni sussulto Elia risistemava la testa. Ero così concentrato che quando il video si bloccò pensai che il buffering fosse il prodotto della mia attività mentale. Elia si rialzò, maledicendo la connessione lenta: «C'era da aspettarselo».

Rilanciai la mia mano sulla sua gamba. Un po' aggressivo ma era impensabile non approfittarne. Mi guardò imbarazzato e malizioso. Io non avrò avuto uno sguardo rassicurante: gli occhi gonfi, il viso deformato dalla tensione, nulla di suadente. L'intimità si acquista attraverso la pra-

tica, non con l'improvvisazione. Non avrei seguito di
to il consiglio di mio padre – c'era tempo per tirarlo fuori –
ma calandomi su di lui come a peso morto lo baciai, piano
ma con insistenza, le labbra dure.

Tutto secondo il protocollo. Mentre ragionavo sulle prossime mosse Elia svicolò dalle mie braccia, spingendomi un gomito nella pancia.

«Davvero non vuoi vedere il film? La connessione sembra tornata.»

==Seguivo l'unico copione che conoscessi, lui forse sapeva già il finale a memoria e provava strade alternative.== Misi fine a ogni esitazione piazzando una mano tra le sue gambe. La sua erezione provava che avevo ragione io. Elia alzò le spalle. Si stese meglio e mi fece posto.

La luce in salone illuminava ogni angolo della stanza. Non lasciava spazio all'immaginazione, i colori della nostra pelle si mostravano nel loro pallore. Di quella sera ricordo il turbamento che mi provocarono i suoi calzini, bianchi con delle zucche ricamate, bizzarri. Il suo busto longilineo e ricoperto di nei grossi che quasi avevo paura a toccare. La meccanica penosa con cui venimmo dopo una stentata sega reciproca. La delusione arrivò veloce. Aumentò mentre mi ripulivo con un asciugamano che aveva portato dal bagno. Mi rivestii in fretta. «Si è fatto tardi.»

Montava in me la rassegnazione. Da tutti gli incontri che avevo collezionato dall'inizio della primavera, nonostante la voglia mi portasse a soluzioni impensabili, tornavo sempre a casa con un intronamento che andava via solo dopo parecchie passate di bagnoschiuma e acqua bollente.

Non avevo mentori. Nessuno del resto mi aveva venduto il sesso come un lento disciplinarsi. Soprattutto tra maschi, dove ogni racconto si concentrava sulla propria abilità performativa e nessuno andava in giro a dire di aver fatto cilecca, che il sesso era il risultato di colluttazioni, pose scomposte, amplessi nervosi. In macchina ripensavo al corpo di Elia. Il fastidio di fronte alla serie di nei lungo il torace, le ossa grandi del bacino, l'intimo bizzarro. Perché non era mai facile come sembrava? Perché ogni minima esperienza umana comportava una fatica immensa? Forse ero solo impaziente, dovevo adattarmi, aspettare la lenta maturazione dell'eros, ragionavo, mentre sciacquavo la bocca con il collutorio.

XI

Iniziammo a vederci tutti i giorni. Elia lavorava come educatore solo il martedì e il venerdì. A volte nel pomeriggio dava ripetizioni private di latino, si manteneva quasi solo con quelle. Io arrivavo verso le undici. Sorpreso nel mezzo della mattinata non sembrava entusiasta di vedermi, né infastidito. Mi accoglieva con semplicità. Non metteva su il caffè, né io pensai mai di presentarmi con delle brioche. Ci ritrovavamo con la puntualità di due pensionati.

Stavamo abbracciati sul divano, a volte vestiti, a volte no. Alla luce del sole – ce n'era tanta nel salone – mappavo il suo corpo, imparavo la posizione dei suoi nei più grossi, la curva delle sue labbra, il profilo che, a inclinazioni diverse, poteva risultare tanto arcigno quanto infantile. E senza far niente aspettavamo che si facesse ora di pranzo. «Ho fame» diceva uno di noi, e solo allora ci mettevamo in piedi. Il nostro debutto in pubblico fu in una pizzeria. Ci diedero un tavolo incastrato nel corridoio dove i camerieri per farsi largo reggevano i piatti in bilico sopra le nostre teste. Elia aveva dispiegato il tovagliolo prima sulla sua gamba poi sul tavolo. Mangiammo la pizza con le posate. Parlammo poco. «C'è un'acustica pessima» disse con gli occhi socchiusi. Mantenne una forma ostile di contegno fino alla fine, quando dividemmo il conto al centesimo.

Passeggiammo a vuoto per i vicoli di Materdei. Non ero in grado di orientarmi – conoscevo il quartiere solo per l'omonima stazione della metropolitana – così mi tenevo a un paio di passi di distanza da lui che avanzava a grandi falcate, in silenzio.

A riavvicinarci ci pensò un gatto sbucato dai rottami di un motorino abbandonato in un angolo. Magro, grigio e dagli occhi grandi. La nostra presenza non lo spaventò, anzi, miagolando avanzava piano verso di noi. Elia si abbassò sulle ginocchia e lo richiamò schioccando le dita. Il gatto prese a fare le fusa, forse era affamato o si era perso. Era così buono che si lasciò accarezzare anche da me, che non ho mai avuto familiarità con gli animali – mia madre odiava gatti e cani.

Il gatto iniziò a seguirci, guardava verso di noi come avesse un messaggio da riferirci. Intorno non c'era nessuno. Eravamo in uno dei tanti angoli disegnati da alte mura di tufo. Per un attimo ci sembrò di essere gli unici abitanti di una città antica, babilonese. E questa sensazione si propagò lungo la strada del ritorno, tra gli autobus infuocati, i motorini pronti a scattare al verde, i ragazzini che tiravano cannonate tra le auto parcheggiate in uno slargo, sull'intricata massa di case, balconi, antenne e campanili di un'intera città che aveva ben altro a cui pensare che a noi due.

Elia mi ospitava volentieri anche solo per lasciarmi studiare.
"Porta anche i libri" mi scrisse una volta. Gli piacevano i miei manuali, grossi tomi ben rilegati, con la carta lucida, le immagini ad alta risoluzione. Nonostante avessi già dato anatomia gli portai comunque il mio atlante, il Netter, nel quale si divertiva a cercare le immagini più esilaranti.

«Costa tantissimo» commentò, rigirandoselo tra le mani.

«Le fotocopie sono inutili, quello serve proprio per le immagini.»

Intanto preparavo biochimica. Spalancai il Lehninger

sul tavolo del soggiorno di casa sua. Sistemai con ordine gli evidenziatori, aggiornai sulla mia agenda la tabella di marcia. Elia portò del caffè.

«Fai sempre così?» domandò indicando l'ordine con cui avevo sistemato le mie cose. Non mi venne mai in mente che la mia precisione potesse risultare ridicola ai suoi occhi.

«A me piace» spiegai, «non saprei fare altrimenti» e tornai a leggere.

A Elia divertiva la mia abitudine di sottolineare le pagine con matita temperata e righello. La cura con cui gestivo l'accumulo seriale di appunti e dispense lo affascinava. Lui era abituato a circondarsi a letto di libri spiegazzati, pieni di post-it che sbucavano tra le pagine e tazze di caffè. Segnava su un blocco sgualcito tutta una serie di appunti delle sue ricerche.

«Ti invidio, vorrei essere preciso come te.»

Arrossii e tornai a studiare. Elia si tuffò sul divano e riprese la sua lettura, una serie di studi di linguistica comparata, tutti in inglese. Ai miei occhi era in realtà lui ad apparire come un bambino prodigio. Sapeva usare senza vergogna aggettivi come "svenevole" o "inconsulto", possedeva una strabiliante capacità logico-matematica, nonché una curiosità che spaziava dall'archeologia (passione in comune con suo padre) all'informatica. Conosceva tre lingue. Avevamo frequentato entrambi due buone scuole del centro. Maturità classica col massimo dei voti. Ma io avevo studiato perché spinto dal senso del dovere, lui si era diplomato per accedere con la dovuta leggerezza alle curiosità del mondo.

«Cosa sono quei disegni?» mi chiese. Si era messo al centro del soggiorno a fare stretching. Non ero abituato a essere interrotto. «Sono gli stati di degradazione di una molecola dell'emoglobina. Sai quando i lividi passano dal viola al giallo al verde? È perché il corpo la elimina in sostanze colorate. All'esame possono chiederti di disegnare tutti i passaggi... non so se riuscirò a ricordarli tutti.» Elia esaminò i

miei appunti. «Non ci capisco nulla» rise, «però sono belli i colori che hai scelto!» Affondò la testa nel mio collo. «Ne hai per molto?» domandò. «Ho fame.»
«Dammi ancora mezz'ora.»
Mangiavamo spesso fuori. Elia aveva come una lista mentale di posti che sembrava avere fretta di depennare al più presto. Ristoranti eritrei, trattorie vegane, pizzerie storiche – le provammo tutte ma non ci accordammo sul vincitore –, pescherie che di notte servivano il pesce fresco su tavoli improvvisati, friggitorie ad angolo e antiche pasticcerie. Quella volta azzardai a proporre io, Elia accettò contento. Era la paninoteca preferita di Angelo, una bettola aperta fino a notte fonda, niente menu, quello che c'era c'era, e niente tavoli, la gente mangiava in piedi o nelle macchine parcheggiate in doppia fila. Elia sapeva poco o nulla della mia vita precedente. Ma apprezzò i panini: «Unti, ma molto buoni». Il tizio che lavorava alla piastra aveva delle spalle così grosse che io ed Elia, mentre aspettavamo il nostro turno davanti al bancone, ci scambiammo un cenno d'intesa.

Quando rientrammo a casa ci accasciammo subito a letto. Se al mattino ero così concentrato sui libri era proprio perché volevo passare il resto della giornata nella sua stanza, dove Elia teneva sempre le persiane abbassate. C'era poca luce, "effetto cripta", lo definiva. A me piaceva stare nudo e non capire bene che ore fossero.

Mi lasciavo andare a poco a poco. Elia era paziente. Non si lamentava per le smorfie schifate che ancora lasciavano tracce sul mio volto. E soprattutto non faceva domande né richieste. Aveva più esperienza, ma non lo invidiavo. La facilità con cui si esprimeva con il corpo, il modo in cui si rigirava e mi rigirava, la sapienza dei gesti che andavano a segno, mentre io ancora mi muovevo come un robot di latta, era qualcosa che per me restava fuori fuoco.

Quel pomeriggio però se ne uscì con una richiesta mossa da un desiderio preciso: «Vuoi farlo?».

Risposi di sì. Mi ritrovai in una posizione innaturale, lui sopra di me con lo sguardo concentrato, io che guardavo altrove come sotto l'effetto di un anestetico. Non pensavo fosse essenziale la mia collaborazione. Dopo un paio di sforzi Elia mi si accasciò di lato. «Non fa niente» disse. Perché, cosa doveva accadere?

XII

Con Elia, che ci viveva, la città assumeva una nuova dimensione. A dispetto dei ritardi si muoveva solo con i mezzi. Prendeva autobus al volo, la metro solo se necessario, saliva in funicolare, mezzo che credevo relegato a un'era prebellica. Il più delle volte passeggiava. Copriva lunghe distanze come gli uomini di una volta, senza alcuna fatica. Non era facile stargli dietro e quando avvertivo una fitta bucarmi il fianco ed eravamo costretti a fermarci, lui non si scomponeva, aspettava che riprendessi fiato senza perdere quel suo temperamento urbano, a suo agio tra il traffico sbandato che affollava le strade. Non temeva la stanchezza perché sapeva che al suo rientro lo aspettava una casa vuota, nella penombra della sera, il letto ancora disfatto dove riposare a piacimento, anche a costo di saltare la cena. Non c'erano orari da rispettare, non doveva dar conto a nessuno. E nella sua autonomia io mi perdevo senza scrupoli.

Non avevo mai pensato alla città in quel modo. Resisteva in me un orientamento selettivo, che sapeva condurmi da un punto all'altro senza deviazioni, se non le scorciatoie battezzate da Angelo. Come se la città fosse composta solo dalle facciate dei palazzi, dalle fermate della metro, dagli angoli delle vie che frequentavo di più – i semafori di via Pessina, la discesa di piazza Matteotti, le uscite della tangenziale – e non avesse modo di disperdersi. La mia percezione provinciale con Elia si dissolveva però in un nuovo senso di appartenenza.

Quando rientravo a casa, lontano dallo spirito d'iniziativa di Elia, la città sbandava, si muoveva come uno stormo di uccelli. Era solo una mia percezione, certo, ma sentivo che se avessi ottenuto il controllo delle sue variazioni non avrei avuto più nulla da temere. Proprio come lui.

In quei giorni anche casa Tammaro offriva momenti di indulgenza, quando io, mio padre e mia madre ci ritrovavamo senza alcun accordo al sole in terrazza, come animali da cortile, ad assistere al volo delle colombe.

Mio padre seduto sulla sua sedia pieghevole, mia madre che monitorava dall'alto il movimento della strada e io che avevo appena inviato un altro messaggio a Elia. Se alzavo lo sguardo dal telefono riuscivo a misurare la distanza eloquente, ossequiosa, che ci teneva nella stessa casa, nello stesso sangue, impegnati in storie così diverse.

Spesso dalla macchia bianca che volteggiava sui tetti si staccava una coppia di colombe che veniva a posarsi sulla ringhiera del nostro terrazzo. Mia madre era preoccupata per i suoi gerani.

«Se me li rovinano mando subito una lettera anonima ai carabinieri. Mica è legale tenere le bestie in libertà a quel modo...»

Non parlai mai a Elia delle esperienze che avevo collezionato in quell'anno né lui mi parlò mai delle sue.

Accennava spesso però a un suo amico – e su questa parola gli si abbassavano automaticamente gli occhi – conosciuto un anno prima in Erasmus, a Granada. A sentirlo, Elia sembrava avesse ritrovato se stesso grazie a quella borsa di studio. Di questo amico, Antonio si chiamava, non mi fece mai una lunga e unica confessione, ma ne parlava sempre a tratti e nei momenti meno opportuni: in corsa sul motorino, mentre avviava la lavatrice, davanti a una vetrina e comunque sempre a una certa distanza, come se per parlarne avesse bisogno di un leggero colpo di voce, una spinta di incoraggiamento.

Stavamo discutendo quale fosse la migliore tra le app d'incontro in circolazione. Io portavo avanti la tesi che in fondo tutte si equivalevano, la maggior parte degli utenti erano dei fuori di testa: una variante virtuale dei bagni pubblici. Ma Elia non era d'accordo. «Puoi farti anche degli amici.» Così aveva conosciuto Antonio, un fotografo che girava il mondo per lavoro.

Partì a quel punto un breve racconto, discreto ma sentito. Per un po' si erano scritti, adesso si scambiavano solo gli auguri per feste e compleanni. Elia, appena tornato in Italia, aveva acquistato una macchina digitale e seguito un corso avanzato. Durante il racconto aveva tenuto per tutto il tempo gli occhi bassi. Quella storia doveva di sicuro tenergli la mente ancora occupata, ma allora non potevo arrivarci. Elia era una tale novità per me che non percepivo il bisogno di conoscere il suo passato. Durante il racconto mi ero distratto più volte.

«Lavorare in giro per il mondo significa non avere legami. È una cosa che non mi attira. Poi eravamo incompatibili, non riuscivo a stargli dietro. Voleva portarmi in Armenia per un mese...»

«E perché non ci sei andato?»

«Perché ho fatto una scelta» rispose e abbassò di nuovo gli occhi. Forse voleva che insistessi con le domande, così da riepilogare insieme le giuste ragioni che lo avevano portato a lasciar perdere i viaggi, l'amore, la fotografia. Invece restammo in silenzio. Ero così concentrato sul presente che non feci mai ricerche su Antonio. Non vidi mai una sua fotografia. Per me era come se non esistesse. Non era ancora il tempo delle confessioni, che bisogno c'era di scoprire i nostri altarini? Se eravamo lì era merito delle nostre esperienze, come se tutto quanto accaduto fino ad allora avesse lavorato di nascosto, prova dopo prova, per regalarmi quelle ore di leggerezza. Anche la notte del blitz, Francesco che usciva con Valeria, Saverio, Alessio, l'architetto, e gli altri uomini laidi con cui ero stato, da eventi inconfessabili adesso assumevano un significato diverso.

Passai una mano nei suoi capelli. Me ne fregavo di Antonio. Volevo da Elia tutto quanto mi ero perso finora.

Organizzò percorsi fotografici in città. Elia portava con sé una guida sui luoghi segreti di Napoli. Si documentava su ogni torre, campanile, balconcino sospetto. Mi portava a scovare anonime fontane a secco, torri aragonesi nelle mani dei nigeriani, scalinate deserte se non per i rifugi dei tossici. In sua compagnia la città diventava inesauribile. Ci davamo appuntamento di mattina all'ingresso della metropolitana – stazione Museo – prima che il sole fosse alto al punto da cancellare le ombre. Mi spiegò le regole delle proporzioni, come valorizzare il soggetto di una foto, come fare un ritratto, il gioco delle cornici e delle linee guida, esposizione e messa a fuoco. La geometria mi rassicurava, poi Elia era calmo, mi lasciava fare, come un buon insegnante. Non si stancava se non riuscivo a stargli dietro. Per fare bella figura avevo portato la macchina analogica di mio padre. Elia non mi criticò ma si limitò a consigliarmi di provare prima con la digitale: «Poi la stampa del rullino costa».

Il nostro set preferito era il rione Sanità. Gli antichi palazzi spagnoli, pieni di archi e scale, offrivano ottime occasioni per esercitarsi con le linee guida. Spesso venivamo presi per due turisti, lo sguardo alto a seguire timpani e cornicioni, la camera a tracolla o puntata a lungo sullo stesso soggetto. Elia non aveva problemi a fare ritratti. A volte chiedeva il consenso alla gente che accettava contenta, mettendosi in posa. Io lo trovavo imbarazzante e, in certi quartieri, pericoloso.

Una volta, sotto il ponte, Elia scattava foto a un gruppo di ragazzini che calciavano un pallone. Uno di loro, durante una pausa dalla partita, sentendosi osservato chiese: «Perché fai le foto qua?».

«Perché qua è bello» rispose Elia con un sorriso da pedagogo, indicando il ponte.

Il bambino si guardò intorno poco convinto. «No, il Vomero è bello.»

Dopo una mattinata fredda, in cui ci eravamo stancati di andare in giro come due turisti, stavamo aspettando da troppo tempo il conto di due pizze. Io avevo fatto il gesto di alzarmi "paghiamo alla cassa", ma Elia aveva chiuso gli occhi, come non si fidasse: "No, aspettiamo". Assumeva quand'era stanco quella sua forma di contegno antipatica, quasi sprezzante.

Avevamo scattato poco quel giorno. Ero arrivato con mezz'ora di ritardo per un guasto alla metro, poi il freddo ci aveva colto alla sprovvista e due grossi nuvoloni avevano coperto il sole per gran parte della mattinata, il momento migliore per scattare, secondo lui. Mentre rientravamo ritirai i rullini sviluppati. Su quindici foto solo due non erano sfocate, il resto erano macchie di luce accecante.

«Te l'avevo detto che era complicato.»

Tornammo da lui a piedi, senza parlare molto. La strada era tutta in salita, eravamo sudati e la digestione non aiutava.

«Ci fermiamo un secondo?»

«No, se ci fermiamo è finita» rispose senza guardarmi e continuando ad avanzare, come un montanaro.

Mentre lui non aveva problemi a mostrarsi scontroso, sfiancato dalla giornata storta, la mia unica preoccupazione era invece di deluderlo. Tra la folla di piazza Vanvitelli, tra i ragazzini che rientravano dalla scuola, sorgeva il sospetto che tutto quell'andare in giro ci venisse a noia. E dopo? Cosa accadeva finito ogni entusiasmo? Quanto bisognava attendere per fare un altro giro? La paura mutò in ansia soprattutto quando, prima di salire a casa, Elia si fermò in farmacia. Ci avremmo riprovato anche quel giorno. I tentativi avevano ormai una certa frequenza, e nessuno era andato a buon fine, nonostante ci dedicassimo con la meticolosità di un'operazione chirurgica. Mi sentivo un incapace e l'ostinazione di Elia adesso cominciava a suonare come un ultimatum. Era lui che insisteva, io ne avrei fatto a meno, ma non potevo dire sempre di no. E se tutto quell'andare in giro era solo un modo per eludere quell'incompatibilità?

A volte, al buio, per non mettermi in imbarazzo, Elia provava ad affrontare la questione. Mi assicurava con la sua voce buona che era la cosa migliore che potesse capitarmi, dovevo solo fidarmi. Io gli confidai la convinzione segreta che il mio corpo si opponesse, perché non poteva, non era stato creato per quello scopo. «Al contrario» ribatteva Elia, «faresti solo un favore alle tue terminazioni nervose. Devi fidarti. Rilassati.»

Ci mettemmo a letto, le persiane abbassate. Dalle gambe risaliva il sollievo del riposo, il tempo di recuperare le forze per spogliarci. Elia poteva posizionarmi con cura ma non poteva comandare il mio corpo che, ancora una volta, non reagiva. Stavo lì impalato, steso a pancia in su, le gambe in una posa innaturale, mai vista tra ragazzi, nemmeno in una palestra di corpo libero. Da quella posizione il suo sguardo concentrato incorniciato dalle mie ginocchia mi stava suggerendo che le cose non accadono per miracolo e che c'era bisogno della mia collaborazione.

«Devi solo rilassarti. Respira...»

Non potevo più tirarmi indietro. Con un respiro profondo scavalcai qualsiasi metafora e, oltre ogni tabù, rinegoziai la convinzione di ciò che un corpo per natura può, o non può, fare.

XIII

Ci stavamo cacciando in un nostro personale letargo, in cui tutto perdeva importanza, le lezioni di Biochimica, il gruppo di studio, i giorni di domiciliari di mio padre. Anche la via di casa, il tragitto che mi avrebbe riportato dalla città nello squallore della periferia sbiadiva alla fioca luce del lampadario nell'ingresso dell'appartamento di Elia.

Nel silenzio del soggiorno, steso sui lunghi divani, mi liberavo da ogni peso, dubbio, il mondo stesso si sottraeva alle leggi della gravità. Fosse dipeso da me sarei potuto rimanere lì per sempre, attaccato alla pelle dei divani come un mollusco. Fino a che Elia non propose la prima occasione lontana dal nostro giaciglio: il compleanno di Bianca.

Era una sua amica. Me la presentò come la figlia di una regista teatrale che aveva avuto il merito di acquistare un teatro stabile prima di vederselo chiudere. Bianca viveva circondata da aspiranti artisti, giovani studenti e un campionario considerevole di gente freak: «Ti piacerà».

Pioveva. Andammo con la mia Cinquecento. Se potevo ero contento di sdebitarmi della sua ospitalità. Lui non condivideva certi ragionamenti ma mi lasciava fare.

Casa di Bianca era all'ultimo piano: non ero mai stato in un palazzo così vecchio, senza ascensore, dalle scale strettissime e i gradini alti. Gettammo i cappotti in una matassa in mezzo agli altri sul suo letto. C'era fumo ovunque anche con le finestre aperte. La festa non aveva nulla a che vedere con quelle di Angelo, che quasi sempre chiamava il catering. Bianca aveva invece spinto il tavolo contro il muro e su una tovaglia vecchia aveva posizionato Peroni e patatine. Le pizze arrivarono dopo le undici. Alcuni erano in piedi perché non c'erano abbastanza sedie, la musica si sentiva appena.

Finimmo a parlare con una coppia di lesbiche – sembravano gemelle – e una ragazza cinese che studiava all'Accademia. Si chiamava Jinij, aveva un naso piccolo e un bozzo sulla fronte. Mi sorpresi a pensare all'immediato commento di Angelo, la sua passione per il porno asiatico, il teatrino che avrebbe messo su per portarla in macchina, solo per noi che guardavamo dalla curva a fare il tifo per lui. Anche adesso me ne stavo in disparte, senza partecipare, tenendomi impegnato con un bicchiere di birra. Jinij parlava e ascoltava Elia con gli occhi socchiusi, incurante delle briciole agli angoli della bocca. Elia parlava un ottimo inglese. Otto anni di British Council.

«Portate un Negroni ai miei amici intelligenti!» gridò Bianca passandogli accanto. Mancava di naturalezza. Come se cercasse negli altri la conferma di appartenere al giro giusto, progressista e politically correct. Mi sentivo, di fronte alla fauna raccolta in quella sala, come uno spettatore di uno zoo, ci mancava solo il cartello con la scritta "vietato dare da mangiare agli amici intelligenti". Elia e Jinij continuavano a conversare, alternando inglese e italiano. A un certo punto, chissà perché, Jinij arrossì e si portò le mani davanti alla bocca. Elia sembrava contento. Si girò d'istinto verso il buffet e molleggiando sulle ginocchia, il fondoschiena largo "da pensionato" come mi divertiva definirlo, allungò una mano nel secchiello delle arachidi, ne prese un mucchietto e lo fece scivolare in bocca direttamente dalla mano. Riempì poi un piattino e lo portò a Jinij. Si accucciarono a terra e continuarono la loro conversazione. Io avevo scelto un angolo della stanza e sarei rimasto volentieri lì il tempo necessario ad arrivare ai saluti e filare via, mantenendo la mia posa plastica, in attesa che arrivasse altro da mangiare.

Peccato che a un certo punto, per ravvivare la serata, Bianca organizzò una specie di gioco dei mimi, anche se lei lo definiva "training fisico". «Ci vogliono anni di studio per perfezionarlo» spiegava, ma per la serata aveva pensato a qualcosa di più amatoriale. Bisognava interpretare una serie di illustrazioni pescate a caso da un mazzo di carte. Chi indovinava a quale carta si riferisse la performance otteneva un punto.

Io ero pietrificato. Feci presente dal primo momento che non avrei partecipato. Non ho mai amato gli esibizionismi, a stento mi lasciavo andare anche da ubriaco. Elia invece improvvisò insieme a Jinij una specie di tarantella che fece ridere tutti. Fu imbarazzante, nascondevo il mio viso dietro un bicchiere di plastica pieno di birra mentre Elia sembrava sempre più coinvolto dal gioco, e con la stessa disinvoltura lo abbandonò non appena arrivarono le pizze e la gente tornò a bere e fumare come faceva all'inizio della serata. Ero stato tutto il tempo in apnea, teso, convinto che da un momento all'altro qualcuno mi avrebbe fatto venire allo scoperto. Ma nessuno badava a me, né all'espressione felice di Elia.

A fine serata, lontano dal pericolo, dopo aver lasciato Elia sotto casa ripensavo all'allegria disinibita di Bianca: il suo gioco mi sembrò meno infantile. L'appartamento affollato, il balcone che dava su altri tetti, tutta quella gente che a stento usava il dialetto – erano segnali che in quella città ci si poteva divertire senza essere per forza solo tra maschi, nei soliti locali il venerdì sera. Ripensai alle movenze di Elia, questa volta con tenerezza: era molto più semplice risultare solo se stessi.

Elia amava le feste a tema. Seppure timido, non conosceva l'imbarazzo. Si era fatto cucire da sua madre una "cocolla", così la definì, e ci teneva a precisare che il suo era un abito da monaco dell'ordine benedettino, non da semplice frate. In mano teneva un lungo rosario, un cordone morbido gli avvolgeva i fianchi, e calzava vecchi sandali: almeno i piedi erano coperti da due paia di calzini, visto il freddo che faceva.

Era Carnevale. A palazzo Gravina, nel chiostro dell'università, si teneva la serata in cui gli studenti facevano a gara a chi aveva avuto l'idea più originale per il travestimento. Le strade erano piene di ragazzi in costume, già ubriachi. Bianca e i suoi amici ci aspettavano da qualche parte.

Al contrario di Elia, non davo più alcuna importanza alle mie amicizie. Come se, sottratto dall'ombra di Angelo, non ne sentissi più il bisogno. Lo rincontrai quella sera, all'angolo del bar dove passava la maggior parte del suo tempo con Jacopo e Lollo. Non appena mi riconobbe fece come al suo solito grandi feste. Non lo vedevo più da mesi, un record. E non mi sentivo in colpa.

Elia era alle mie spalle. Lo presentai.

«Fammi indovinare. Padre Pio?»

«No, Guglielmo da Baskerville.»

Angelo si complimentò subito per il costume. Niente poteva piegare la sua tendenza a elogiare gli altri. Senza rendermene conto cambiai postura. Me ne stavo appoggiato alla spalla di Angelo come seguissi un copione mandato a memoria. Ridevo alle sue battute e tutto mi sembrò di nuovo facile, normale, già scritto. Non pensai neanche per un secondo che tutti loro sapessero, che la mia sparizione non avesse lasciato domande aperte, commenti giudicanti.

«Quanto sei stato etero» commentò Elia sorseggiando la sua birra, non appena restammo nuovamente soli.

«I monaci benedettini non dovrebbero bere» replicai, complice.

Nella calca del chiostro, tra le luci e l'acustica pessima, i bassi che sconquassavano il petto, non trovammo nessuno degli amici di Bianca. Forse non provammo nemmeno a cercarli. Elia non era tipo da discoteca, aveva le movenze goffe, ma la determinazione giusta per portarmi in mezzo alla mischia stringendomi la mano. Non restammo a lungo. In poco tempo eravamo già all'uscita del chiostro, richiamati, come lupi mannari, dalla luce pallida delle strade vuote, dove ci saremmo rincorsi come bambini. Tali eravamo in quei mesi leggeri.

XIV

Grazie a una concessione del giudice mio padre ottenne il permesso di partecipare alla festa per i cinquant'anni di zia Rosa.

Sarebbe uscito di casa per la prima volta dopo circa otto mesi, secondo i nostri calcoli. Mia madre riteneva giusto celebrare l'evento – aveva già acquistato un abito, azzurro, che adesso provava di fronte allo specchio dell'ingresso – mentre mio padre mantenne un certo contegno, come se fosse una cosa normale tornare a mettere le mani sul volante, sfrecciare lungo l'asse mediano nella sua macchina insieme alla famiglia come in una qualsiasi gita fuori porta.

La festa si teneva in una delle tante ville per ricevimenti che sorgevano all'ombra dei cavalcavia. Palloncini viola incorniciavano l'ingresso della sala, dove sedevano gli adulti. I bambini sfrecciavano nel grande giardino sotto la guida di un clown. Zia Rosa accorse verso di noi e come prima cosa richiamò il nipotino che, con qualche resistenza, abbandonò i suoi giochi per salutare mio padre. Aveva una faccia da funerale, gli occhi bassi. Mio padre gli accarezzò la fronte sudata e con una leggera pacca sulla spalla lo invitò a unirsi ai suoi amici. «Vai a giocare a zio, non dare retta alla nonna, divertiti.»

Seguimmo zia Rosa al tavolo. Mio padre prese posto al

suo fianco, suscitando un mormorio tra gli invitati. Subito scattò un discreto andirivieni: cugini, vicini di casa, un consigliere comunale, vecchie zie si avvicendavano per stringere la mano a mio padre, come fosse un gesto di fedeltà. Mia madre ringraziava sottovoce, quasi infastidita da tutta quella gratitudine. La festa era prevedibilmente noiosa. Gli antipasti di pesce abbondanti ma scadenti, i primi difficili da digerire. Era la solita abbuffata, dove più del cibo contava l'alcol.

Il vino, in queste occasioni, o riparava antichi dissapori o dava vita a nuove faide, pettegolezzi inutili spesso accentuati dallo spettacolo di frasi oscene e risate sguaiate che la cognata di zia Rosa offriva quasi sempre a fine serata. Alla seconda bottiglia di vino zio Michele aveva già tirato fuori la camicia dai pantaloni e con la mano si massaggiava la pancia. Se ne uscì allora con una domanda a bruciapelo.

«Ma è possibile che ti fanno stare un anno chiuso in casa? Franco Stanzione, il figlio di Mirella, quella che fa le scarpe, dopo tre mesi di domiciliari stava già in mezzo alla piazza.»

Glielo chiese con una curiosità svagata, come una chiacchiera tra specialisti. «Pensava di parlare con gli amici suoi del circolo» commentò indignata più tardi mia madre.

C'era un certo tono di sfida. Di fronte a mio padre, l'unico uomo che ce l'aveva fatta, gli altri si sentivano spesso sminuiti e solo zio Michele si faceva forte della sua meschinità: ma come, uno in gamba come te non riesce a venire fuori da questo guaio?

«L'avvocato il mese prossimo chiede al giudice di rimettermi a piede libero» sussurrò mio padre, «speriamo. Perché finora st'avvocato m'è costato assai!» rilanciò alzando la voce, autorizzando tutti a una risata liberatoria.

A casa mia si era ormai smesso di parlare della condanna. Ora che si affacciava la possibilità che tutto finisse, data la buona condotta di mio padre, mi sorpresi a temere questa soluzione, oramai assuefatto al nuovo equilibrio in cui ci eravamo ritrovati. Cosa sarebbe successo una volta scontata la pena? Anch'io sarei dovuto tornare nei ranghi? A fare cosa? Non lo sapevo ma mi sentii piegato da uno strano senso del dovere. Diedi la colpa al vino e tirai fuori il cellulare per scrivere un messaggio a Elia: "Che fai? Mi manchi".

XV

I miei non facevano più caso a me. Se mi incontravano sulla porta mentre stavo per uscire mi incoraggiavano: «Esci? Fai bene». Mia madre aveva smesso con le domande insinuanti. Le bastava vedere che ero di buon umore.

Io non mi giudicavo se mi svegliavo ogni mattina con un senso di sollievo e non più con un peso nel petto. A volte mi dicevo che tutta quella felicità forse dipendeva dalla detenzione di mio padre. Come se l'oscura vicenda giudiziaria in cui era stato coinvolto equivalesse alla clandestinità con cui portavo avanti la mia vita privata: avevamo entrambi un segreto. Ancora una volta qualcosa tra di noi ci portava a volerci bene solo dalle lunghe distanze, come due dirimpettai che ogni mattina si scambiano da un balcone all'altro un caldo buongiorno prima di rientrare subito nelle proprie case.

Restavo comunque un figlio obbediente. Un bravo ragazzo che ogni mattina si alzava puntuale, si metteva alla scrivania e studiava. E che, subito dopo pranzo, aiutata sua madre a sgrassare i fornelli infilava la giacca e salutava, chiavi in mano, i suoi genitori.

Potevo percorrere la distanza da casa mia a quella di Elia a occhi chiusi. Sapevo sempre dove trovare parcheggio, quale uscita della metro imboccare per ritrovarmi al suo citofono, digitare le cifre del suo interno: 4243.

I primi tempi dovevo annunciarmi ogni volta: «Un amico di Elia» era la formula che avevo utilizzato per presentarmi al gabbiotto fino a che, a vedermi, il portiere non mi lanciava dalla sua sediolina un cenno con la testa verso l'edificio B, come a dire "vai, lui c'è, ti aspetta".

Mi ero presto affezionato alla discrezione di quell'uomo che del mio continuo andare e venire sapeva tutto e nulla. Il resto degli inquilini si mostrava a stento. Dai balconi dei tre caseggiati che accerchiavano lo stretto cortile si allungava qua e là, di sera, un braccio a innaffiare una pianta in vaso. Ma nessuno mai sostava a lungo sui balconcini tranne me che osservavo e mi lasciavo osservare, comunicavo a tutti che io ero lì per Elia, chiedessero pure al custode. L'età media dei condomini era piuttosto alta. Sui ballatoi incontravo uomini in stampelle, donne ricurve ma ben vestite scortate da giovani filippine. L'unica famiglia numerosa ad abitare l'edificio era quella dei vicini di Elia. Nonna, figlia, genero e due nipoti vivevano in non più di sessanta metri quadri. "Gli stipati" li chiamava.

La nonna si intratteneva con lui sul ballatoio appena trovava l'occasione, anche per più di mezz'ora. Il gioco preferito di Elia era evitare il più possibile i membri della famiglia. E a volte toccava anche a me ruzzolare per le scale per evitarli. "Dieci punti se incontri la vecchia, cinque se incontri la figlia, un punto se incontri uno dei bambini." Elia teneva attaccata al frigorifero una tabella con i punteggi. Il gioco, *Via dagli stipati*, non mi divertiva, ma lo lasciavo fare. Una sera però la nonna ci prese in contropiede, non appena sbucammo dall'ascensore. Dieci punti a testa. La signora aveva un lungo grembiule, dalla porta di casa degli stipati arrivava un forte odore di carne cotta. «Mia figlia si sposa» raccontò senza alcun riguardo per la nostra fretta, trattenendoci sul ballatoio per il tempo necessario a spiegarci che, dopo cinque anni di duro lavoro, sua figlia aveva accumulato sul conto in banca più di quindicimila euro. Una somma onesta per pensare a un matrimonio.

Non appena ci liberammo Elia andò ad aggiornare il tabellone attaccato al frigorifero, poi chiamò sua madre per raccontarle tutto. Rideva forte. Doveva essere, quel dileggiarsi degli stipati, un gioco che li divertiva molto.

A letto, sul tardi, gli occhi abituati al buio, stavamo sdraiati con la finestra aperta, la persiana a metà. Guardavamo entrambi fuori, come se dalle luci del lampione dovesse apparire qualcosa. Era uno dei nostri momenti di alta felicità. Gli appoggiai il mento sulla spalla, mentre ce ne stavamo stesi sul fianco, come nell'atto di girarci. Forse perché avevo la bocca vicino al suo orecchio trovai il coraggio di chiedergli: «Posso farti una domanda?».

«Certo.» Elia non si girò.

Anche la mia voce era nuda, risuonava chiara nel silenzio del pomeriggio. Rischiavo di rovinare tutto.

«Io e te, quindi... non che io pensi...»

Elia non interveniva. E io non potevo tirarmi indietro.

«Io e te» ripetei, «siamo insieme, cioè siamo una coppia, giusto?»

Non rispose subito. La mia del resto non era nemmeno una domanda. Si girò piano verso di me.

«Certo» disse accarezzandomi la testa, «se hai quindicimila euro in banca ci possiamo anche sposare.»

«Cosa hai fatto oggi?»

«Niente di che. Ho aiutato mamma con l'orto. Ho preso il sole, poi ho chiacchierato con mio padre.»

«Cioè?»

«Niente, ci siamo seduti e abbiamo parlato.»

«Ah.»

Elia con suo padre parlava. Vere e proprie confessioni, attorno a un tavolino, tra padre e figlio. Non chiesi mai cosa

avessero da dirsi. E mi risultava difficile capire quel momento, così estraneo per me anche tra semplici amici.
«Quanto tempo ti fermi?»
«Fino a domenica.»
«Ah.»
«Almeno sarò abbronzato.»
Elia si sarebbe trattenuto a casa dei suoi, a Bacoli, per una settimana.

L'università mi teneva parecchio occupato. Con l'inizio dei corsi di anatomia 2 non ammettevo distrazioni. Arrivavo in aula in tempo per prendere posto in prima fila. Nelle pause rivedevo i ragazzi del gruppo di studio. Erano euforici, e anche in pausa non parlavano d'altro che di sbobinature, capitoli che bisognava studiare o non studiare ma che in ogni caso avrebbero studiato comunque.

Durante le lezioni, dalle ultime panche si levava un leggero mormorio. A volte il docente si fermava infastidito. L'ultima ora di lezione del venerdì incrociai lo sguardo di due ragazzi seduti in fondo che chiacchieravano per conto loro. Uno dei due aveva una grande espansione all'orecchio, il suo modo di vestire suscitava immediata disapprovazione nella maggior parte della fauna studentesca di medicina e chirurgia. Non ricordavo il suo nome, ma ricordavo la volta in cui lo avevo accompagnato in bagno quando, durante un laboratorio di anatomia, era quasi svenuto per vivisezionare una rana.

Spesso, sulle scale dell'università, o quando affollavamo il corridoio in attesa che aprissero le porte dell'aula, lo sorprendevo a fissarmi. A volte ricambiavo. Restava solo un cenno d'intesa, un gioco che proseguiva indisturbato da un anno, almeno nella mia testa, però adesso si fece sfacciato. Continuammo a guardarci, la cosa mi eccitava e oramai avevo perso anche il filo del discorso del professore. Il tizio con l'espansione all'orecchio mi indicò qualcosa con le mani. Cosa avrei dovuto fare? Aspettarlo all'uscita? Quando l'aula si svuotò mi attardai con il quaderno al petto. Lui sembrava non fare caso a me, eppure con una naturalezza eccitante, senza dare spiegazioni ai suoi compagni, indugiò anche lui in aula.

Avevo le orecchie che stavano per scoppiare. Elia sarebbe arrivato a momenti, il venerdì passava sempre a prendermi. Sarei stato capace di tutto, lo sapevo, lo sentivo nell'eccitazione violenta che mi stava paralizzando le gambe, che mi faceva perdere il controllo. Eravamo soli. Il tizio mi chiese qualcosa sugli appunti. Forse gli mancavano le slide sugli anticorpi. Mi diede la sua mail sporgendosi verso lo schermo del mio cellulare. L'espansione era bella grossa, il lobo svirgolava a ogni movimento della testa. Mi sorrise, ma io dovevo avere una faccia sconvolta e lui andò via, risucchiato dalla folla che si dileguava lungo le scale. Rimasi da solo a prendere fiato, mentre dalla finestra spiccava l'impermeabile rosso di Elia in sella al suo Liberty.

Non mi spiegavo l'insorgere di certi istinti. Gli sguardi ammiccanti lungo le strade affollate, i sorrisi compiaciuti che ricambiavo, a volte in presenza di Elia che invece sembrava non farci caso. Anche mentre mi aspettava all'uscita del Policlinico, lui non aveva fatto caso a nulla, tanto era felice di rivedermi, e subito mi aveva allungato il casco.

Io avevo perso l'uso della parola. Come se avessi lasciato il mio corpo in una dimensione parallela, in cui si svolgevano possibilità diverse, dove al posto di presentarmi da Elia risalivo la zona ospedaliera con il tizio con l'espansione. Come si chiamava? Com'era il suo corpo sotto quelle felpe larghe? Cos'altro facevano tutti quegli amici che gli giravano intorno? Sulla sella del motorino mi sentivo svuotato.

Risalivamo via Orazio con la velocità di un animale da soma. Elia accostò al marciapiede del belvedere. La manualità decisa con cui sfilò il casco, montò il cavalletto tra le strisce bianche e si avviò verso il bancone della gelateria

– aveva già sicuro in mente quale gusti abbinare – mi avvilì d'un colpo.

La gelataia aveva la mano pesante. Ci consegnò due coni così carichi che facevo fatica a reggere il mio con una mano sola. Non avevo fame. Il belvedere era sgombro. I camerieri dei ristoranti si aggiravano frenetici, preparavano i tavoli per la pausa pranzo. Il sole era caldo, tanto che Elia si era allacciato la giacca in vita confondendosi con i turisti che dall'altro lato della strada provavano a inquadrare il golfo.

«Ho parlato con mio padre» esordì, arguto, come mi preparasse a un indovinello.

Io continuavo ad accanirmi sul cono. Non lo ascoltavo.

«Abbiamo parlato di te. Vuole invitarti a pranzo» rise da solo, felice, di fronte a quell'evenienza che solo pochi mesi prima riteneva impossibile. «Non si ferma di fronte a nulla se si tratta di ospitare.»

Trovai la forza di guardarlo negli occhi. Qualcosa mi restituì piano il senso di gravità. A poco a poco mettevo a fuoco la figura di Elia. La sua polo blu, le braccia abbronzate, le labbra sporche di fondente. La città ai piedi del colle riacquistava la sua tridimensionalità sbilenca.

«Senza impegno però, se non ti va basta dirlo. Ma... mi stai ascoltando?»

XVI

Elia si divertiva a dividere le persone in coppie minime: chi sa raccontare barzellette e chi no, chi sa piazzare uno schiaffo sulla nuca e chi no, chi sa organizzare una festa e chi niente.
«Vedi, io non sono un tipo che sa dare una festa ma mia madre sì.»
Con questa e altre argomentazioni mi aveva incastrato per un pranzo la prima domenica di marzo. Sapevo ormai che i suoi genitori erano a conoscenza della mia esistenza e che venivano continuamente aggiornati. Un altro mondo, pensavo. Non ero abituato a dinamiche familiari così progressiste, da serie tv americana, ancora di più se come set c'era di mezzo una villa a Baia con vista porto. Finora i coniugi Orsini avevano mantenuto una discrezione ossequiosa. Al massimo sulle vaschette di alluminio, che Elia portava dalla casa dei suoi insieme al tonno pescato e alle verdure dell'orto, la madre adesso specificava: x2.
«Mamma fa un timballo di melanzane spettacolare. Non puoi rifiutare» mi disse una mattina, abbottonandosi i pantaloni prima di uscire. Io rimasi a letto. Avvertivo un leggero torcicollo, forse avevo dormito male, il materasso era sformato e non si poteva dormire a pancia in giù. Andai in cucina e rubai un biscotto fatto in casa dalla scatola di lat-

ta. Preparai un altro caffè – il suo non sempre mi piaceva – ma non bastò a svegliarmi del tutto. Mi infilai sotto la doccia e accettai rassegnato l'origine di quel fastidio. Con la storia del pranzo non ero d'accordo.

Non avevo ancora raccontato bugie, sostituendole con accorgimenti che facevano il loro dovere. Forse perché tutto fino ad allora si era svolto nella dimensione del nascosto – come se, oltrepassati i Camaldoli, non dovessi spiegazioni a nessuno. Del resto non ne sono mai stato capace. Preferivo raccontarmi con un sapiente uso delle omissioni. Le lacune sono sempre state per me spazi vitali, in cui immaginare il possibile senza corromperlo. Avevo imparato da tempo a camuffare la verità sulle mie origini. Ancora adesso non nomino mai il mio quartiere, se qualcuno mi chiede da che zona di Napoli vengo rispondo vago, periferia nord. Agli insegnanti raccontavo che mio padre era un ingegnere edile, non un costruttore. Della mia vita Elia sapeva bene o male le stesse cose. Non avevo fratelli o sorelle, vivevo in una grande casa battuta dai venti, mia madre non era un'ottima cuoca come la sua. Cose del genere.

«Sanno di te?»

«Sì. Ma non di noi.»

E questa fu la prima vera bugia.

Affacciato alla finestra della sua stanza ancora in accappatoio, il davanzale che vibrava per il passaggio degli autobus, pensavo a una via di fuga, un modo per calarmi giù dalla finestra, atterrare sull'asfalto, infilarmi nel primo autobus e via. Chiusi gli occhi. Potevo ancora tornare indietro, pensavo. Oltre l'ostacolo avevo visto quello che c'era da vedere. Elia, che era appena rientrato in casa e aveva lasciato all'ingresso le buste della spesa, si intrufolò piano in camera e, con la poca forza delle braccia, mi lanciò in una goffa presa da judoka sul suo letto.

La prima domenica di marzo partii da casa passate le undici, dopo aver fatto una lunga doccia, sfoltito le sopracciglia e, con una leggera esitazione, rasato anche la barba.
Mio padre a vedermi aveva sorriso soddisfatto. Era contrario alla trascuratezza. Pensava che quelli con la barba avessero qualcosa da nascondere. Stava dando il mangime alle coppie di canarini quando improvvisamente mi chiese: «Dove te ne vai?».
«Una festa di laurea.»
«Fai bene.»
Le strade erano deserte. Avevo tempo per fare benzina. Se io continuavo a odiare quella macchina Elia invece era sempre contento di salirci. Vero che in macchina potevamo spingerci lontano – avevo promesso di portarlo al parco nazionale del Vesuvio – ma credo che la gioia di Elia si esaurisse all'interno dell'abitacolo: l'unico mio spazio domestico che lui conoscesse. Si sedeva con grande rispetto. Allacciava la cintura e non commentava mai la mia guida, come avrebbero fatto mio padre e qualsiasi altro uomo. Questa sua assenza di giudizi lo portava a non fare mai domande indiscrete sulla mia famiglia, sul mio quartiere. Elia non aveva fretta, piuttosto una cieca fiducia nelle tappe che stavamo vivendo. Come portarmi a conoscere i suoi.

E se mi avessero giudicato? Se avessero intuito che stavo in qualche modo mentendo? Le domande arrivarono nette mentre pagavo il benzinaio che mi faceva il pieno.

Elia era dall'altra parte della strada. Aveva un paio di pantaloni color panna e una maglia bianca a righe colorate. L'aria distesa di chi si prepara a una domenica in famiglia, vassoio di paste alla mano. Gli feci segno di aspettare. Avrei invertito il senso di marcia alla rotatoria. Sterzai con decisione e mi ritrovai in pochi secondi nella direzione giusta.

Elia entrò in macchina, allacciò la cintura, e mi accarezzò un ginocchio. Sapeva che ero agitato. Sapeva sempre tutto. La strada era piena di buche. Ne beccai una bella grossa.

La macchina fece un suono secco, preoccupante. Elia commentò, reggendosi alla portiera: «Sapevi che questa strada una volta era un campo di broccoli pieno di talpe?».

Per arrivare alla villa degli Orsini bisognava oltrepassare una strada parallela alla spiaggia nascosta da un canneto così fitto che le fronde sbattevano agli angoli del parabrezza. Si saliva poi su una stradina male asfaltata fino al cancello della villa zeppo di telecamere. La Cinquecento fece il suo dovere.

Il cancello si aprì automaticamente. Al centro del giardino ci accolse suo padre, un uomo alto, dalle spalle cadenti che a stento riempivano la camicia che indossava. Con gesti ampi delle braccia mi indicò la direzione dove parcheggiare, sulla destra sotto il pergolato. Spensi il motore. Elia mi diede un altro colpo sul ginocchio e uscimmo.

Mio padre mi ha sempre detto che a decidere il carattere di un uomo è come prima cosa la stretta di mano. Troppo forte, insicurezza, troppo debole, non sei buono. Lungo il vialetto preparavo il braccio per una stretta ferma ma cordiale, una delle mie migliori, ma, a sorpresa, il signor Orsini afferrò la mia mano e mi tirò verso di sé in un abbraccio imbarazzante. «Fatti dare un bacio. Che piacere, che piacere!» ripeteva mentre mi batteva la mano sulla schiena.

Sua moglie si teneva qualche passo più indietro. Rideva sconsolata dello spettacolo che il marito le offriva da una vita. Mi baciò le guance con delicatezza. Erano entrambi abbronzati. A differenza del marito la signora Orsini si congedò in fretta: «L'acqua starà già bollendo», e si avviò verso la villa.

L'ingresso coincideva con la sala da pranzo. Sotto ogni trave della stanza erano sospesi scacciapensieri fatti da conchiglie tintinnanti. I gradini che portavano in bagno e nelle altre camere erano tutti mosaicati, tessere blu, gialle, verdi. La tavola era stata apparecchiata con una tovaglia lilla, piatti fondi decorati a metà con il profilo di un pesce e un piccolo centrotavola pieno di sassolini colorati come biglie. Ero cresciuto in una casa dall'arredamento severo, monolitico, che non lasciava trapelare niente dei gusti personali. Lì sembrava di essere in un laboratorio di ceramica. Ma non giudicai, pensai invece a come sarebbe stato crescere in una casa col giardino, la casa sull'albero, una madre con cui intrecciare collanine per combattere la noia dei pomeriggi.

«Ti piacciono i bambini?» mi chiese la signora Orsini mentre riempiva i piatti con grosse porzioni di timballo di melanzane. Stavamo parlando del suo lavoro. Insegnava francese nella scuola media lì vicino.

«Credo di no» intervenne Elia.

Assecondai la sua risposta con un'alzata di spalle. Ero consapevole sin dall'inizio che a quel pranzo sarei stato di poche parole. Non sentivo il bisogno di fare colpo. Bastava la mia presenza in carne e ossa. Partecipavo alla conversazione con brevi cenni della testa e risposte secche – «sì, infatti», «ah certo... Medicina è una facoltà tosta» – dopo aver rischiarato la gola. Rispondevo a qualsiasi domanda con «grazie» anche se non ce n'era bisogno.

Avevo ricevuto un'educazione umile, piena di riverenze: una messinscena per nascondere un patrimonio di cui non bisognava parlare ma che cresceva ogni anno di più. Quando andavo a pranzo da Angelo sua madre trovava buffo il mio mezzo inchino di saluto, e quanto lodava la mia abitudine di portare via il piatto non appena finito di mangiare, anche se avevano Paula lì proprio per quel motivo.

«Vado in bagno» annunciai, quasi a chiederne il permesso. La signora Orsini stava portando via i piatti sporchi e con la testa mi indicò una porticina del sottoscala. All'interno mi sorprese un odore di umido, di asciugamani bagnati o forse era solo un problema di fossa biologica. Alzai la tavoletta e sul bordo sorpresi una macchia giallognola. Strappai della carta igienica e ripulii per bene prima di sedermi. Quelle tracce di sporco mi diedero la forza per affrontare il resto del pranzo.

Nonostante la libreria immensa che intravedevo allungarsi dalle scale, l'italiano fluente della conversazione, il gusto degli arredi (per quanto esuberante), la scarsa cura per la pulizia e per l'igiene rendeva gli Orsini imprecisi, persi, privi di quella ferma solidità che da sempre era l'unico valore che riuscivo ad attribuire a una famiglia. Tornai a tavola con la conferma che, ancora una volta, casa mia era il miglior posto dove vivere. Era la voce di mia madre a parlare, a giudicare le sue coetanee poco attente alla pulizia – come la madre di Angelo – delle semplici parvenu, donne che avevano dimenticato le loro origini modeste e adesso si atteggiavano a signore, quando poi che signora dovevi essere se in bagno lasciavi la tavoletta chiazzata di pipì. La signora Orsini le sarebbe piaciuta, la sua voce calda, le buone maniere, l'impegno nel pubblico (desiderio mai esaudito di mia madre), ma non le avrebbe mai perdonato quella svista, l'avrebbe irritata a tal punto da non avere pietà. C'era molta frustrazione nei giudizi di mia madre.

Mangiai tutto senza fare complimenti, come mi avevano insegnato. I genitori di Elia mantennero un giusto distacco. Anche il padre, a tavola perse l'esuberanza del benvenuto in giardino però versava con insistenza il vino nel mio bicchiere.

Era così lontana la sua vitalità da quella di mio padre, che ha sempre diffidato degli uomini esuberanti, che non temevano di mettere in piazza la loro felicità raggiunta. Ma nel caso di mio padre doveva esserci di mezzo una forma difettata di narcisismo che lo rendeva burbero e riservato solo nelle occasioni in cui non era al centro dell'attenzione. Passai il resto della giornata a misurare le differenze tra casa Tammaro e casa Orsini.

Nella sua compostezza cordiale la madre di Elia si tradì solo una volta. Quando suo figlio, che nella conversazione si era disteso parecchio, aveva giocherellato con la punta delle dita sulle mie nocche, come suonasse i tasti di un pianoforte. Forse perché l'aveva ritirata troppo in fretta tutti gli sguardi puntarono sulla mia mano che lasciai volutamente chiusa. La madre di Elia buttò giù il fondo del suo bicchiere di vino e si alzò da tavola con la scusa di preparare il cesto della frutta. Il padre invece ci fissò con un sorriso ebete e uno sguardo inquisitorio come mandasse avanti da ore, a vuoto, una scansione su questa nuova specie vivente di cui aveva sentito tanto parlare ma che, finora, non aveva ancora visto.

In attesa che la signora Orsini sfornasse i *flan au chocolat* e mettesse sul fuoco il caffè, Elia mi portò a fare un giro della casa. Dall'esterno ogni stanza era facilmente raggiungibile grazie a una scala che si arrampicava sulla destra, assecondando la scarpata su cui poggiava il resto della casa. Dalla torretta in cima, su cui svettava un brutto segnavento a forma di grifo, si vedeva il mare e un pezzo del golfo di Pozzuoli. Tra il secondo e il terzo piano c'era una lavanderia esterna. Elia si sedette sulla lavatrice. Di fronte una telecamera puntava dritto verso di me.

«È inquietante» commentai.

«È il nuovo gioco di mio padre.» Elia mi indicò altri tre punti in cui la videosorveglianza era stata installata.

«In estate facciamo sempre la doccia all'esterno. Solo che una volta mia madre si è ritrovata un tizio che la fissava a nemmeno dieci metri» rise. «Gridò come una pazza.»

Mi guardai intorno. Da quando eravamo usciti in giardino ogni nostro movimento era stato registrato: il salto goffo per raggiungere il gradino, la mano di Elia che mi stringeva una chiappa, la mia postura rigida, ancora più fastidiosa se vista di profilo.

«Voglio rientrare» dissi e mi nascosi dietro un lenzuolo steso, la voce felpata dal tessuto. Elia si avvicinò. Provò a infilarmi una mano nei pantaloni. Mi tirai indietro, solo per il gusto di farmi riacciuffare.

«Hanno altro a cui pensare.»

Feci di no con la testa. «Tua madre non si fida. Andrà a controllare.»

«Mia madre è solo gelosa.»

Elia sollevò il lenzuolo e mi indicò una delle telecamere: «Saluta Gianna!».

Lo spinsi via e mi rialzai i pantaloni. Corremmo eccitati giù per la scala come due bambini che hanno appena finito di fare i compiti.

Dalla cucina veniva odore di cacao. La moka gorgogliava stizzita sui fornelli. La signora Orsini ci guardò con aria sorpresa, ma subito si lasciò coinvolgere dall'euforia del figlio che la strinse per i fianchi.

Mangiammo i dolci in piedi, scodellando bene il fondo con il cucchiaino. Bevemmo caffè e limoncello. La signora Orsini si accoccolò sul divano accanto al marito che ispezionava attento i molari con uno stuzzicadenti. Avevano lo sguardo opaco. La nostra presenza non aveva più importanza. Quasi non sentirono nemmeno Elia che li informava: «Lo porto di sopra!». In ogni caso la signora Orsini avrebbe potuto rivedere tutto quanto al computer, con gli occhiali da vista sulla punta del naso.

La stanza di Elia, al primo piano, era quella di un bambino. Le pareti azzurre circondate da una lunga mensola occupata dalla collezione di Topolino, dai quaderni di grammatica delle elementari, romanzi d'avventura, le foto di un interrail e una collezione di sabbia. Bottigliette piene di granelli della Tunisia, Marocco, Spagna. Su una piccola scrivania, anche questa smaltata d'azzurro, troneggiava una cornice con una foto di Elia bambino, non avrà avuto più di dieci anni. La testa grande su un corpo gracile, le ginocchia piene di sbucciature. Se ne stava aggrappato al ramo di un albero.

«È la foto preferita di mia madre.»

Ci trovavamo nel mausoleo della sua infanzia. Il letto appena rifatto mi faceva pensare che la signora Orsini passasse le giornate ad accarezzare le lenzuola.

«Mia madre avrebbe voluto che rimanessi così» disse Elia indicando la foto. «Me lo ripete sempre.»

«Tutte le mamme lo vogliono» sentenziai.

La signora Orsini aveva cinquantacinque anni, il marito sessanta. Non erano giovanissimi. Avranno ceduto, ogni tanto, pensando a quanto si stava bene prima, quando Elia ancora si arrampicava sugli alberi. Poi si saranno rimboccati le maniche, e avranno messo in discussione i valori con cui erano cresciuti per impararne di nuovi. Avevo ricevuto lo stesso amore anch'io?

«Sembra la stanza di un morto» dissi, dal nulla.

Elia mi diede una gomitata. Mi prese per i fianchi e mi spinse sul letto. Sulle lenzuola fredde mi alzò le gambe mordendosi le labbra per non ridere al cigolio squillante delle vecchie doghe.

La casa degli Orsini era nel bel mezzo di un parco archeologico.

Il papà di Elia stava raccontando, con gli occhi ancora arrossati dal sonno, di quando durante un'immersione lungo la scogliera aveva rinvenuto una giara cui mancava un manico, e adesso era in attesa di essere esposta al museo archeologico del castello di Baia.

Peccato per il traffico che intasava l'unica strada che dalla città portava alla spiaggia e faceva il giro del promontorio, per le costruzioni abusive che nascondevano anche agli occhi dei viaggiatori attenti le rovine di bagni termali, teatri e acquedotti di migliaia di anni fa che giacevano lì dimenticate, si lamentava invece la signora Orsini: «Sono pochi i visitatori. Nessuno parla bene inglese qui. Io inclusa. Se vi do il numero della signora Rita siete ancora in tempo per visitare l'acquedotto».

La signora Rita era una donna che aveva a stento la terza media ma ereditava da anni il titolo di assuntore di custodia dal ministero dei Beni culturali. Si fece trovare in pantofole sul ciglio di una stradina risicata tra due palazzine basse verniciate di giallo. Ci salutò a mezza bocca mentre girava le chiavi nella serratura di un cancelletto che dava su una scalinata buia, l'ingresso di uno degli acquedotti più antichi d'Europa. Elia mi faceva da guida. Manteneva un calcolato distacco. Elencava senza troppo coinvolgimento nomi d'imperatori, date, citazioni in latino, aneddoti sulle vacanze estive di Seneca. Temeva di annoiarmi.

Stavo attento a non scivolare sui gradini umidi. La luce cadeva a picco formando pozze tremolanti come a ricordare l'antica funzione di quel posto. Giocare a Indiana Jones per me era un privilegio. Non mi interessavano le lamentele della signora Orsini. Non ascoltavo nemmeno più Elia. Mi allontanai e feci il giro delle colonne. Mi nascosi. Elia venne a cercarmi. Lo afferrai di spalle. Lo portai in un fascio di luce. A stento riuscivamo a guardarci in faccia. Gli sbottonai i jeans.

«Non adesso.»

Era infastidito. Mi ammanettò i polsi. Si negò ancora un paio di volte. Si guardò intorno per assicurarsi che la signora Rita non apparisse all'improvviso, poi scelse l'angolo più umido.

«Non mi va» mi disse con convinzione. Io avevo già abbassato i pantaloni. Era un tiro alla fune. Elia si inginocchiò rapido e mi assecondò per pochi minuti. Scattò subito in piedi e risalì le scale dell'acquedotto, come un ragazzino che fugge dai bulli della scuola.

Quando tornai anch'io alla luce del sole provò di nuovo a portarmi dalla sua parte, a non perdere lo spirito della domenica in famiglia, la sua: «Vuoi vedere le foto della giara che ha trovato papà?».

«No, si è fatto tardi.»

I genitori di Elia ci salutarono con un lungo abbraccio. Gianna ci consegnò una borsa con le verdure dell'orto, un'altra con i sughi pronti. Mi allungò un barattolo di tonno fresco. «So che hai apprezzato.»

In macchina, al ritorno, Elia si appisolò. Ogni volta che rallentavo in vista degli autovelox, mentre scivolavo tra le corsie della tangenziale all'ombra dei palazzi che si affollavano intorno, non riuscivo a liberarmi dell'immagine dell'antica giara ritrovata. Pensavo a padre e figlio impegnati in una sessione di snorkeling, proprio sotto casa, il mare trasparente tutto per loro che, oltre a regalargli bellezza quotidiana, gli consegnava pure un antico tesoro. Chissà che gran parlare, e con chi.

Quando mio padre mi portava in giro quasi sempre mi ritrovavo in un cantiere aperto. Era convinto che tra pontili e impalcature mi sarei divertito come al luna park. Non sapeva che, al contrario, le mura a secco e l'odore della calce mi nauseavano al punto che un paio di volte vomitai nel parcheggio del centro commerciale dove mi lasciava per un'ora, il tempo di incontrare l'ultimo cliente della giornata.

Avevo superato il limite di velocità. A pochi metri dalla fiancata dell'auto sfilava in una sequenza continua il guardrail. Elia dormiva impiccato alla cintura. Provai una leggera vertigine all'idea che una delle auto dall'altra corsia avrebbe potuto sbandare da un momento all'altro e schiacciarci in un unico colpo. Decelerai piano e mi infilai nella corsia di destra.

«Io non esco con nessuna ragazza.»

«E allora come è possibile che un fine settimana sì e uno no dormi fuori?»

«Non mi va di rientrare tardi in macchina.»

Stava rifacendo il letto in camera mia. Sprimacciava il cuscino per farsi forza. Io le davo le spalle, seduto alla scrivania, ricopiavo gli appunti di patologia.

«Guarda che non c'è niente di male. Prima o poi dovrai portarne qualcuna a casa. Non adesso, con tuo padre in quelle condizioni.»

Avevo smesso di scrivere. Il decollo di un aereo irruppe nella stanza. Mia madre aveva lasciato il cuscino e si era appoggiata alla parete, le lenzuola appallottolate tra le braccia.

«Non puoi approfittare sempre dell'ospitalità di Angelo. Mica ha un albergo.»

Girai lo schienale della sedia verso di lei.

«Non dormo a casa di Angelo. Dormo a casa di un altro amico. Non lo conosci.»

Mia madre non resse il mio sguardo. Doveva comunque avere l'ultima parola.

«Non puoi nemmeno approfittare di lui. Una casa dove dormire la tieni.»

«A mio padre piaci. Ha detto che non sembri omosessuale.»

«Per questo gli piaccio.»

Elia stava a pancia in giù. Con i talloni mi sfiorava i polpacci. Avevamo saltato la cena.

«Ho parlato con mia madre qualche giorno fa.»

Elia si voltò verso di me, un solo occhio aperto.

«Avete parlato di me?»

Il passaggio dell'autobus fece tremare le mura. I fari di un'auto illuminarono una parte del soffitto.

«Ha detto che non posso restare sempre fuori a dormire.»

Elia era sveglio adesso. Si liberò della mia presa e si mise a sedere.

«Cos'hai, dodici anni?»

Assunse un'espressione beffarda, da saputello. Portai i piedi giù, mezzi infilati nelle scarpe.

«Non ha tutti i torti. Devo mettermi sotto per anatomia 2.»

A pronunciare quelle parole mi sentii meglio. Quella giornata era stata una bugia insopportabile. Io restavo uno studente di medicina che, per i prossimi cinque anni, avrebbe dato gli esami in tempo. Mio padre avrebbe finito i domiciliari. Ancora una volta niente si sarebbe intromesso nella nostra infallibilità. Prima sarei diventato un medico, poi quello che volevo. Adesso ero solo confuso.

«Non ti riconosco.»

Elia era spaventato. Mi fece altre domande. Io facevo solo di no con la testa. Un groppo alla gola mi impediva di parlare. Del resto avrebbe avuto serie difficoltà a seguire i miei ragionamenti. Poi smise. Per un po' restammo in silenzio fino a che non mi allungò le chiavi della macchina.

«Vattene.»

XVII

Le esperienze fondamentali di una vita possono contarsi sulle dita di una mano. Nel giro di poco più di un anno era cambiato tutto. Ero stato capace di concentrare in pochi mesi emozioni che andavano distribuite con calma nel corso di una qualsiasi adolescenza. Mi ero costruito un'identità senza programma, senza mai riconoscermi in niente se non nelle persone che sfilavano davanti al mio desiderio. Ora che sembrava tutto finito – non sentivo Elia da una settimana, niente più notizie – mi sorprendeva l'immobilità delle cose. Come se nulla fosse rimasto a testimoniare la rivoluzione avvenuta.

Ero scivolato senza problemi nella mia routine. Chiuso in camera, calendario alla mano, recuperavo le lezioni perse sbobinando con cura le registrazioni dei miei compagni di corso. La voce antipatica dell'assistente cancellava ogni pensiero. A pranzo mi tenevo leggero. Accompagnavo mio padre nella sua nuova dieta fatta di verdure bollite. Dopo ci abbandonavamo a un breve sonnellino con la tv accesa mentre mia madre intanto finiva gli orli della trapunta a cui lavorava da un anno. Quelle ore del pomeriggio potevano durare all'infinito. Una vita fatta solo e sempre da quello scenario, dall'una fino alle quattro, quando mia madre metteva in moto uno dei suoi elettrodomestici e mio padre si ritirava nella sua palestra personale in veranda e io andavo a correre lungo lo stradone.

Questo spirito monastico faceva tabula rasa di qualsiasi altra forma di vita. A meno che queste non arrivassero dall'esterno.

«Sono sotto il ponte della stazione.»

Elia si era presentato nel mio quartiere, a due chilometri da casa Tammaro.

Uscii di casa travolto da una gioia che provavo a controllare con domande ansiose: "E adesso?", "che mi tocca fare?", "che gli dico?" ma ero felice che Elia si fosse spinto fin lì, tra le strade scassate, i palazzi alti.

Mi aspettava in sella al suo motorino, di fronte al giornalaio. Tra le facce sfatte e sfinite in attesa di un autobus che li riportasse a casa, Elia quasi brillava. Le sue scarpe di pelle, la maglia bianca, i jeans chiari erano così lontani dai coetanei del mio quartiere.

«Sali» mi ordinò non appena mi vide. «Trova un posto tranquillo.»

Lo portai allo stradone. Parcheggiò il motorino davanti ai blocchi di cemento. Il sole abbandonava piano le colline a nord. Un cavallo brucava indisturbato in un cortile recintato.

«Qui è dove vengo a correre. La puzza che senti viene dalla fogna. Ci siamo sopra.»

Elia non mi ascoltava. Torturava il fogliame con un lungo ramo che aveva trovato tra le erbacce. Mi superava di qualche passo. La pelle scura si stagliava dal bianco della sua maglietta. Facemmo due volte il giro dello stradone, fin dove arrivava l'asfalto. Mentre stavo per ripartire con un altro giro Elia si appoggiò a un blocco di cemento e prese fiato.

«Perché sei sparito?»

Le labbra strette trattenevano la rabbia.

Se io potevo resistere all'infinito e accontentarmi di una vita insignificante lui si sarà invece torturato giorno e notte per trovare una svolta drammatica convincente. Che spiegazioni potevo dargli? Che potevo accontentarmi dello studio? Che non avevo gli strumenti per calcolare quali fossero i treni giusti da prendere? Che non sapevo godermi la vita?

Cominciai allora dall'inizio. Mi prese d'un tratto un istinto di raccontare, con facilità e senza artifici retorici, tutto quanto era successo.

«C'è stato un blitz, alle cinque di mattina. Io ero in macchina con uno, un mio amico, una storia lunga...» Ma più ero fedele alla cronologia degli eventi – la Cinquecento sfortunata, Valeria e Francesco, la vita all'ombra di Angelo, i bagni caldi che rischiavano di farmi svenire, i domiciliari – più mi rendevo conto, forse per la prima volta, che quegli eventi raccontati anche con ordine perdevano la loro forza suasoria, non erano un buon motivo per chiudere una storia, per cancellare d'un colpo la presenza di una persona nella propria vita.

Un cane randagio apparve all'improvviso dal fogliame, gli occhi gialli rilucevano nel buio. Annottava. I lineamenti del viso di Elia si erano rilassati. Era passato alla sua espressione indulgente. Se non imbarazzata. Alla notizia dell'arresto di mio padre aveva abbassato gli occhi. Il mondo tornava a sorprenderlo e adesso non sapeva cosa fare. Salì in sella al motorino e mentre io riflettevo sulla prossima cosa da aggiungere al mio resoconto infinito lui mise in moto e mi allungò il casco: «Il resto me lo racconti a casa».

Parte quarta

I

«Quindi tuo padre non c'entra niente, è innocente.»
«Se sei innocente non ti danno i domiciliari.»
«Allora...»
«È stato costretto.»
«Da quell'ingegnere.»
«Esatto. Però lo ha denunciato subito e si è beccato solo i domiciliari, ora ti è chiaro?»
«Chiaro.»
Di mio padre non parlammo più. E così della mia famiglia, della mia vita in generale.
Si rinforzarono al contrario certe abitudini nostre. Vedersi almeno tre volte a settimana di cui una nel weekend. Capitare sempre nella stessa pizzeria. Io che portavo del cioccolato fondente, lui che spremeva due arance. Il sesso era rigoroso. Lo facevamo con impegno, rispettando l'uno i ritmi dell'altro. Non tornammo più a Baia dai suoi genitori, ma Elia non mancava di portarmi i saluti di sua madre, oltre a doppie dosi di parmigiana e timballi di maccheroni. Ci muovevamo guardinghi, come due animali dopo il letargo che escono dalla tana solo per rifocillarsi. Sul lungo divano in pelle ci bastava trovare l'incastro giusto. Potevamo restare così per ore. I suoni della città male ovattati dagli infissi prebellici, le luci delle auto che tagliavano il

soffitto, i vicini che aprivano e sbattevano lo sportello della lavastoviglie erano l'eco di una vitalità lontana, che sembrava non appartenerci più. Una tempesta poteva allagare la città, il suono distruttivo dell'acqua che si propagava per chilometri, noi non ce ne saremmo accorti.

La tv era sempre spenta. Nello schermo piatto si rifletteva la nostra immagine, come una fotografia. Guardavo il nostro riflesso con una certa vanità. In casa mia la tv era sempre accesa. Prima ancora di andare in bagno, o mettere su un caffè mio padre accendeva la tv. Di notte si addormentavano senza spegnerla, incuranti del volume alto.

Provai, durante uno di quei pomeriggi, ad accendere il televisore di Elia. Era un vecchio schermo piatto poggiato su un carrello di vetro dove avevano impilato, lungo i due ripiani, vecchie VHS. L'irruzione di una luce nuova – in quella stanza di cui conoscevo a memoria l'effetto diverso che il sole, allontanandosi verso ovest, rilasciava sui vecchi mobili laccati – fu violenta. Sullo schermo campeggiava l'inquadratura di una donna in tailleur seduta su uno sgabello. Conduceva un salotto televisivo in cui commentavano un delitto di cronaca di almeno tre anni prima. Proseguii. Un poliziesco tedesco, diversi quiz show. Mi trattenevo su ogni canale per poco tempo, fino a sconfinare nel regno delle reti private, cartomanti e televendite. Elia si issò su un braccio per guardare lo schermo.

Un uomo dalla capigliatura unta si aggirava lungo un bancone dove indicava con le dita grosse coperchi di pentole che, assicurava, non avrebbero rilasciato nemmeno una molecola di cattivo odore. Decisi di spegnere. Dallo schermo buio, che mandava un suono elettrico, ritornò il nostro riflesso, l'immagine di quiete che avevamo tradito per quei dieci minuti di pubblicità e quiz show. In quell'intermittenza, in cui avevo sovrapposto i pomeriggi di casa Tammaro a quelli del nostro bunker, sentii l'obbligo morale di coinvolgere Elia in un'altra notizia che riguardava ancora la mia famiglia. Gli confessai, come una cosa qualunque, da sussurrare prima di andare a dormire sperando di non dimenticarla il giorno dopo: «Da giovedì è finita la misura cautelare. Mio padre è, in teoria, di nuovo libero. È tornato tutto come prima, pare».

«Quindi non ha fatto nulla di grave, è come se fosse innocente...»

«Sì, se per te così è più chiaro allora va bene, è innocente.»

La logica di Elia non era compatibile con quella di casa Tammaro. La giustizia non era amministrata da divinità temerarie ma si svolgeva in un grosso mercato dove ancora una volta vinceva il più furbo.

A casa di zia Rosa era già pronta una festa.

Il solito: pizze al metro tagliate con le forbici, mozzarelle gommose e fritture scongelate per cominciare. In frigo ci aspettava una torta dalla glassa azzurra con su scritto: "Bentornato". Come se alla fine mio padre in carcere ci fosse finito veramente. Per noi era terminato un incubo, per loro era solo un'altra occasione per abbuffarsi.

Me ne stavo in giardino su una sedia di plastica. Alla luce dei neon che arrivava dalla casa si accavallavano le voci in un'unica baraonda. Mio padre partecipava con discorsi lungimiranti che attiravano l'approvazione di tutti.

Stava dando il meglio di sé. Raccontava sempre la stessa serie di aneddoti. La maggior parte riguardava le gaffe di zio Michele non appena mettevano piede all'estero. Con una teatralità a me sconosciuta, che ogni volta mi imbarazzava, stava raccontando di quando finirono quasi in questura perché a Parigi un gendarme aveva sorpreso zio Michele che tirava uno schiaffo in pubblico a suo figlio.

La sorella di zia Rosa, di fronte all'imitazione del cognato si era piegata in due e rideva con acuti prolungati, nascosta sotto al tavolo, suscitando a catena l'ilarità degli altri che esplodevano in risate sguaiate e senza denti. Gli uomi-

ntervenivano con le loro voci grevi, ma le loro parole arrivavano come un unico verso, l'abbaiare di un grosso cane. Di fronte a quel caos ritornai dentro. Oltre la zanzariera la sala era piena di fumo, una sottile cortina si muoveva sospesa sotto il lampadario. Sul tavolo c'erano ancora bottiglie di plastica vuote, piatti sporchi dove alcuni avevano spento parecchie sigarette. Le donne erano tutte ammassate in un angolo mentre gli uomini se ne stavano allineati davanti al televisore.

I bambini correvano da una stanza all'altra impugnando un tablet a testa. Come se non bastasse tutta quella gente, nelle vetrinette della credenza le immaginette dei morti, parenti e amici defunti, fissavano con i loro sguardi pacificati l'andamento della serata. Sotto una gigantografia di Gino, il figlio di zia Rosa, immortalato credo durante il giorno della sua prima comunione, stava seduto mio padre. Quando i nostri sguardi si incrociarono assunse per un istante un'espressione quasi remissiva, come se si scusasse, ma non poteva far nulla per tutto quel baccano.

Non ho mai capito se a lui piacesse o meno quella baraonda. Temevo a volte che ne provasse nostalgia, che di tanto in tanto sentisse il bisogno di mescolarsi alla tribù, di lasciarsi andare a quella sciocca gregarietà che li metteva sempre nei guai. Questo suo stare a metà era complice della mia mancanza di punti di riferimento. Avrei potuto avere un nome più comune – Giuseppe, Mimmo, Enzo –, passare l'adolescenza in sella a un motorino, andare alle giostre della festa patronale come tutti i miei coetanei, sposarmi passati i vent'anni, fare carte false per un posto di lavoro nel pubblico. E invece no. Studiavo, sarei diventato un medico, ma quando? Al momento non ero niente. Continuavo a dissiparmi nel mio pendolarismo: non appartenevo alla città dove avevo gli amici e l'università, non appartenevo al mio quartiere dove dormivo ogni sera. Anche casa mia, l'immensità dei suoi lastrici, lo spazio aperto che si perdeva nelle colline lontane mi toglievano il respiro.

«Sia io che i miei genitori siamo figli unici» avevo spiegato a Elia. Risalivamo via Mezzocannone. I vestiti puzzolenti dopo un'ora passata in un'osteria del porto. Da un lato dichiaravo un legame assoluto con i miei – eravamo di fatto soli –, dall'altro nascondevo di proposito il largo parentado di secondo grado. Elia in quel mondo non esisteva. Era un segreto? O qualcosa di lontano e quindi di irreale?

Suo padre lo lasciava, da bambino, ascoltare Mozart in cuffia per ore. Sua madre amava recitare poesie. Alla prima crisi adolescenziale lo avevano sottoposto a un'analisi di cinque anni. Insieme mi avevano accolto in casa come il fidanzato del figlio. Mi avevano baciato e abbracciato. Non ero invidioso. Non volevo essere come loro. Io appartenevo a una dimensione opposta senza però farne parte sul serio. Restava comunque la stessa domanda: "E io, a cosa appartengo?".

A sciogliere ogni pensiero scoppiarono dal nulla, poco oltre il giardino, dal centro della strada, tre petardi verdi, un fischio acuto e la botta finale. Un lontano cugino accendeva spavaldo un'altra batteria, coprendosi gli occhi, mentre piccoli serpentelli di luce scendevano giù dal cielo.

II

Mio padre era tornato al suo habitat naturale.

In sella al SUV girava per il quartiere a testa alta, il finestrino abbassato, il braccio fuori pronto a salutare chi non vedeva da tempo, avvicinare qualcuno cui mormorare poche parole senza preoccuparsi di intasare l'incrocio, inchiodare dal nulla per leggere gli ultimi annunci mortuari.

I primi giorni di libertà li passò tutti fuori casa. Rimarcava il territorio, in poco tempo riacquistò credibilità. Non era un criminale, solo un uomo generoso che si era fatto da sé e per questo meritava la stima di tutti. Agenda alla mano saltava tra azienda, cantieri, fabbriche e fornitori, la macchina di nuovo invasa da cartelline e brochure. La prima domenica dopo il processo si era fatto vedere sugli spalti del palazzetto della sua squadra di pallacanestro.

Io continuavo a vederlo solo in casa. Quando gli aprivo la porta mi salutava con uno schiaffo alle parti basse e fuggiva affamato in cucina. Mia madre, affiancata da Rafilina nelle faccende domestiche, seguiva orari da albergo il cui unico ospite era lui.

Tutta quell'allegria presto mi coinvolse. Sembrava di essere tornato all'adolescenza, quando gli affari di mio padre andavano più che bene e tutto ci sembrava possibile. La fortuna, il successo, i nostri lari erano tornati a proteggerci.

Ristabiliti i contatti con la comunità, chiusi gli accordi con i suoi clienti, a mio padre non passava la smania di recuperare il tempo perso. Tornò a casa con un dépliant di un'agenzia di viaggio. «Facciamo una crociera. Alla faccia di chi ci vuole male.»

Era arrivato il momento di pensare alla famiglia. Mia madre si era avvicinata sospettosa al tavolo dove mio padre aveva dispiegato il fascicolo con tutti i dettagli di una crociera nel Mediterraneo: ascensori di lusso, spettacoli a bordo, buffet aperto tutto il giorno, tappe a Genova, Marsiglia, Barcellona.

Si rintanò subito ai fornelli. Faceva sempre così quando c'era in ballo qualcosa che le piaceva. Si nascondeva, aveva paura di restarci male se la cosa andava in fumo.

I miei viaggi possono contarsi sulle dita di una mano. Tutti organizzati da Angelo che decideva con chi andare e dove. Mi interessava poco viaggiare – forse perché non lo avevo ancora fatto per conto mio – ma in quei giorni mi sembrava assurdo abbandonare la mia routine ora che l'avevo consolidata instancabilmente: studiare fino alle cinque e poi dirigermi senza alcuna deviazione lungo la zona ospedaliera nell'appartamento di Elia.

Mio padre mi guardava. In piedi, le mani piantate ai bordi della tavola, il voucher ancora spalancato.

«Pierpà? Che dici?»

«Non posso perdere il ritmo» corsi ai ripari.

«Di che?»

«Tra poco inizia la sessione estiva.»

«Ah.»

Non sembrò deluso. Mio padre rispettava più di qualsiasi altra cosa la mia abnegazione allo studio. Mia madre era appoggiata ai fornelli. Tratteneva l'emozione cambiando la disposizione della saliera.

«Partiamo solo io e mamma, allora. Resti qua con Rafilina. Hai tutta la casa a disposizione per studiare.»

Aveva come sempre la soluzione pronta. Senza volerlo aveva fatto felici tutti. Loro in una rinnovata luna di miele, io che all'idea di avere la casa tutta per me riuscii a immaginare Elia tra le pareti di quello che fino adesso era stato un carcere.

Capitava spesso che restassi solo in casa. Ma mai più di due, tre giorni. Angelo aveva un'idea precisa di come sfruttare casa libera: feste per pochi amici, ragazze da invitare a qualsiasi ora della notte, una volta mi descrisse il suono inconfondibile che faceva la serratura quando i suoi si chiudevano la porta alle spalle e lui restava finalmente solo.

Io non avevo il suo carisma, e soprattutto casa mia non si trovava in una piazza del centro a pochi metri dalla stazione della metropolitana. Non avevo la minima nozione di ospitalità. Non ho mai visto i miei dare una cena. Il salone è ancora oggi immacolato. Il centro della casa, un vasto spazio con due grossi divani, una larga portafinestra che cattura tutta la luce, un tavolo in ciliegio, restava da più di vent'anni intoccabile. Guai mettersi a studiare su quel tavolo, c'era il rischio di rovinarlo. Guai stendersi su uno dei divani, tanto c'è quello in cucina. Mai lasciare che una goccia d'acqua finisse sui tappeti. Ogni anno mia madre li stendeva alla balconata e li batteva con violenza. Poi li riavvolgeva nella carta e li metteva al fresco su uno scaffale dello sgabuzzino. Tutta quella cura non era sprecata, era devozione. Perché il bello non poteva risultare anche utile. Se faceva un caffè nel pomeriggio, mia madre avvolgeva intorno alla moka uno Scottex bagnato così da non sporcare i fornelli lucidati. Vedevo come nelle case degli altri si cucinasse con la cappa spenta, il modo in cui Angelo si gettava sulle Frau della stanza dei suoi, i parquet rovinati, le porte che sbattevano con violenza, per non parlare dei guai che combinavano gli animali domestici. Io invece obbedivo a mia madre senza discutere, solo perché ci teneva così tanto.

Il giorno dopo la partenza dei miei mi svegliai presto.

Mancava un bel po' di tempo alla scampanellata di Rafilina. Mangiai un biscotto e preparai il caffè. Le tende abbassate sul balconcino della cucina schioccavano nell'aria ai leggeri colpi di vento. Dalla fessura tra le due tende si stagliava il panorama solito di tetti e antenne che andava diradando sui pendii dei Camaldoli.

Secondo la tabella di marcia che avevo messo a punto il giorno prima, in quella settimana di isolamento avrei completato gli ultimi due capitoli del Lehninger e magari facevo in tempo a iniziare col primo ripasso. L'idea mi metteva di buon umore.

Andai a stendermi sul sofà della cucina, piccolo ma il più comodo della casa. Gli arredi intorno a me erano immersi in una placida immobilità, come se in assenza di mia madre che a quell'ora, già operativa, svuotava la lavastoviglie, aspettassero i miei ordini per mettersi in funzione. Incontrai il mio riflesso nello schermo del televisore. Mi venne da ridere. A quell'ora di solito era già acceso.

Presi d'istinto il cellulare e, incurante dell'ora, scrissi un messaggio a Elia mentre l'odore di caffè riempiva la stanza.

"Vuoi venire da me?"

«A cosa vi servono tre bagni?»

«Uno serve da lavanderia. Ma perché mi fai queste domande?»

«Casa tua è strana.»

Elia non riusciva a familiarizzare con l'arredamento di casa Tammaro.

«Troppi angoli», «quel vaso è troppo grande», «i lampadari troppo sfarzosi», «la tua stanza troppo pulita». «Una casa da camorristi» la definì. Appena poteva si nascondeva come un bambino dietro un angolo. Pretese che gli scattas-

si delle foto. Lui in groppa alla sfinge che c'era all'ingresso. Di fronte alla specchiera del corridoio, nella vasca dai rubinetti dorati. Le migliori furono quelle in terrazza. C'era un cielo blu che minacciava tempesta.
«Mi piacciono le piastrelle del corridoio, sono ben allineate.»
«Almeno quelle.»
Elia si guardava in giro con cautela. Si era rannicchiato nell'angolo di uno dei due divani del salone. La luce del primo pomeriggio gli colpiva le gambe. Aveva le spalle rigide, come se anche lui sentisse l'estraneità di quella stanza centrale.
«Le palline con la neve sono inguardabili.»
Si riferiva alla collezione di mia madre. Ne comprava una a ogni viaggio o se le faceva portare da qualche amica. Sul tavolino del salone ne erano disposte una decina, le altre le teneva in una scatola nel ripostiglio.
Elia si mise a sedere e iniziò ad agitarle tutte. Mia madre non voleva che si agitassero. Da bambino non mi lasciava mai giocare.
«Visto che ti piacciono?» gli feci il verso, poi mi lanciai su di lui per bloccargli le braccia. Elia rise e mi spinse a terra contro il tappeto. Mi spogliava divertito mentre nelle sfere di plastica si dileguavano le ultime tormente.
Dormimmo insieme, stretti nel mio letto a una piazza.
«Usiamo quello dei tuoi.»
La camera dei miei era un mausoleo buio, dai tendaggi pesanti dove la Madonna di Pompei osservava i tuoi movimenti dall'alto di un vecchio mobile a cassettoni. Serviva solo per andare a letto. Non mi era mai venuto in mente di stendermi sulla trapunta nemmeno per un pisolino. Di giorno la porta della stanza veniva tenuta sempre chiusa. Per terra c'era un prezioso tappeto, guai a rovinarlo. Vero che quando andavo nell'appartamento di Elia dormivamo quasi sempre nel grosso letto dove di solito dor-

mivano i suoi genitori quando passavano lì il weekend. Quando poi cambiava le lenzuola, Elia le sprimacciava e le infilava con un colpo della spalla tutte in lavatrice aspettando davanti l'oblo che iniziassero a fare le capriole tra la schiuma.

«No» risposi.

Dormimmo allora stretti l'un l'altro. Dopo un paio di manovre trovammo l'incastro giusto. Elia smise di insistere forse perché trovava divertente quel piccolo giaciglio dove riposammo tutta la notte senza interruzioni.

Ci svegliammo nello stesso momento. Elia mi seguì nel corridoio pieno di luce e, come un bambino il primo giorno di scuola, prese posto a tavola per fare colazione. Su quella ero ferrato. Preparai subito un caffè, poi tirai fuori delle tovagliette di plastica dai colori sgargianti, di quelle vinte coi punti del supermercato, una scatola di biscotti, cereali, latte, c'era anche un succo di frutta.

«Guarda queste» commentò non appena sistemai la tovaglietta al suo posto. La sua provocazione non stava avendo effetto. Chiunque avesse il minimo buon gusto avrebbe definito l'arredamento di casa Tammaro kitsch.

«Ma quanto sono grossi questi cereali?» chiese Elia rigirandosi la confezione tra le mani. Non risposi. Bevuto il caffè gli spiegai che quella mattina avevo parecchio da studiare. Rafilina sarebbe arrivata nel giro di un'ora.

«E tra un'ora me ne vado» mi rispose.

In camera rifece il letto con cura. Io mi ero già messo alla scrivania e gli davo le spalle. Sistemavo gli appunti in ordine di importanza e aggiornavo il calendario. Elia se ne stava buono accanto alla mia libreria. Guardava curioso i manuali e quei pochi romanzi che avevo letto durante il liceo. Mantenne la parola. Dopo un'ora esatta, poco prima della scampanellata di Rafilina, andò via. Lo accompagnai alla porta. Non sapeva come aprire, la maniglia era «troppo grande.»

«Ci vediamo presto. Dammi il tempo di dare quest'esame.» Elia annuì e si lanciò per le scale.

Quando tornai in camera, trovai sul letto il Netter spalancato. Le pagine erano solcate da una serie di scarabocchi lunghi e tremanti che oltraggiavano la stampa lucida delle immagini.

III

Come sempre, appena rientrato da un viaggio, mio padre portava i bagagli in salone e li apriva davanti a noi. Tirava fuori, incastrati tra i vestiti, souvenir o cibo. Raccontava aneddoti divertenti con una certa pedanteria. Mia madre assisteva contenta, pronta a fare la sua parte quando, finito lo spettacolo, le toccava mettere tutto in ordine e preparare la cena. Durante la loro crociera nel Mediterraneo mi avevano preso un portapenne di metallo forato e un'agenda. Ringraziai e aiutai mia madre ad apparecchiare. Mentre disponevo i contorni che Rafilina aveva preparato quella mattina, mia madre commentò: «Hai tenuto bene la casa, bravo». Come se fosse merito mio.

«Che ci sta di strano? Quello Pierpaolo oramai è un uomo. Se la cava da solo. O no Pierpà?»

Mio padre mi guardava con complicità. Come a dire che i maschi in casa possono sopravvivere anche senza le donne. O forse voleva solo assicurarsi che, nonostante la mancanza perenne di donne nella mia vita, fossi comunque capace di cavarmela da solo. Non importava la causa del problema ma il modo in cui risolverlo, come sempre. Indossava una canottiera lisa che gli metteva in risalto le spalle piccole e pelose. Aveva gli occhi arrossati per la stanchezza. Mia madre gli accarezzò il braccio. Lui le chiese, solo con uno sguardo, di riempirgli il bicchiere d'acqua e lei glielo versò senza pensarci. In quella dinamica si nascondeva per me qualcosa di più grande che semplice complicità. Era una formula perfetta dello stare al mondo, rendevano moderna la più tradizionale divisione dei compiti. Dopo cena, infilato tutto nella lavastoviglie, mentre mio padre si assopiva sulla sua poltrona da spiaggia – gli piaceva portarla in casa e stendersi dove c'era corrente – mia madre tirò fuori dalla sua borsa la palla con la miniatura della Sagrada Familia innevata e andò subito a posizionarla tra le altre della sua collezione.

Mia madre ha sempre avuto uno strano animo vendicativo. A ogni mia marachella non reagiva d'istinto ma me la faceva pagare con un leggero ritardo, facendo cadere uno schiaffo dal nulla o servendomi una cena senza sale, cose così. Tutto sommato mi piacevano i suoi isterismi. Erano la prova che ventotto anni con mio padre le avevano lasciato spazi vitali in cui riusciva a tradire un istinto da bambina capricciosa.

Qualche giorno dopo venne a bussare alla mia stanza. Io ero alla scrivania. Mia madre aveva le labbra serrate.

«Perché le palle con la neve sono tutte scombinate?»

Di solito erano disposte in ordine di grandezza. Un po' tutto in casa nostra era sistemato secondo criteri semplici, piramidali. Mi sembrò una preoccupazione futile. «Rafilina si sarà confusa.»

«Rafilina viene qui da quindici anni a mettere ordine.»

«Tranquilla, non sono entrati i ladri.»

«E chi è venuto allora?»

Capii solo in quel momento dove voleva arrivare. Mi irrigidii di colpo. Non avevo lo spazio per mentire.

«Un mio amico.»

«Angelo?»

«No, quell'altro.»

«Mi devi avvisare se vuoi invitare qualcuno!»
Mia madre avvampò senza scomporsi. Era un gioco penoso ma non conoscevamo altri modi per venirci incontro.
«E se questo deve venire qua a scombinare la mia collezione digli che se ne può stare a casa sua.»
«Scusa» le dissi.
«Non ti devi scusare. È lui che ha sbagliato. Non farlo venire più.»
Andò via con l'aria sconvolta.
Fissavo a vuoto le pagine del Lehninger. Ero ancora schiacciato dalla pressione di quel momento. Stentavo a credere di aver parlato di Elia con mia madre, di averlo rievocato nella stessa stanza dove eravamo stati insieme pochi giorni prima. Che le due cose fossero destinate prima o poi a incontrarsi. Non mi piaceva l'idea, era troppo difficile. Ce n'era poi davvero bisogno?, mi chiedevo mentre resistemavano in ginocchio l'ordine delle palle di vetro, dalle più grandi alle più piccole.

A mia madre occorreva più tempo. Era spaventata. Non poteva reggere un'altra verità. Sin dal primo momento si sarà sentita in colpa perché non riusciva a valutare la felicità di suo figlio. Le mancavano gli strumenti. È sempre stata ostile verso le cose difficili, diverse, fuori dalla sua portata. Se da un lato era diventata nel tempo una donna docile e ferma – quando dopo cena reclinava la testa sulla poltrona, soddisfatta della sua giornata e della sua vita – dall'altro diventava nervosa e critica quando si provava un vestito troppo scollato o quando tornava dal cinema dove aveva visto un film che non aveva capito. Fuori c'erano milioni di mondi possibili, ma la cosa non ci riguardava. Potevamo ridurli tutti con un rapido gesto di diniego. Intanto suo figlio, la cosa più preziosa che aveva, le stava sfuggendo dalle mani irrimediabilmente. Ed era troppo bisognosa del mio affetto per lasciarmi andare come se nulla fosse.

Quella giornata fu sfiancante. Non reggevamo la nostra presenza in casa. Elia mi scrisse qualcosa ma a solo vedere il suo nome sullo schermo del cellulare mi spaventai. E lo spensi. Mangiai a stento. Mio padre non si accorse di nulla, era troppo preso dal racconto della sua giornata. Io e mia madre, per un tacito accordo, non riuscivamo ad allontanarci l'uno dall'altra e restammo chiusi in casa tutto il giorno. C'era qualcosa in sospeso. Formulai centinaia di discorsi, una plausibile versione dei fatti che non avrebbe ferito nessuno. Ma presentarmi da lei e parlarle mi sembrava un'impresa impensabile. Chi ero io per scardinare una precisa etica domestica? Ero il frutto di quella cosa lì e non avevo i mezzi, le esperienze necessarie per dare io nuove regole. Continuavo a pensare a una giusta strategia.

Ma non mi veniva in mente nulla. Restai a occhi aperti per buona parte della notte. Il suono remoto delle tubature, l'abbaiare dei cani delle ville lontane, lo scatto della caldaia, per quanto impercettibili erano le uniche cose che catturavano la mia attenzione, mi riempivano la testa. Aspettavo che qualcosa si muovesse, che in quella notte, uguale a tutte le altre notti, potesse irrompere una tempesta improvvisa, un terremoto, anche una banda di ladri purché smuovessero quella calma apparente.

Dal corridoio buio, alle prime luci dell'alba, qualcuno accese la luce. Mia madre aveva l'abitudine di svegliarsi molto presto. Si concedeva un paio d'ore di autonomia. Di solito cuciva, stirava quello che non era riuscita a fare il giorno prima, spesso guardava vecchi film alla tv. Da sola, a volume basso. La trovai ritta sullo schienale della sedia, concentrata. Il ritratto di una persona insonne che cerca in tutti i modi di distrarsi. Aveva il cerchietto tra i capelli e il vestito lungo che metteva in casa. Agitava davanti al viso, a movimenti lenti, un ventaglio anche se non c'era caldo. Andai a poggiarmi sul bracciolo del divano. Mia madre non fece alcun cenno. Ma dovette apprezzare la mia intraprenden-

za. Stavamo sfidando qualsiasi forma di ipocrisia. Si alzò dalla sua sedia e mi raggiunse. Mi poggiò le mani sulle ginocchia e mi guardò negli occhi.
«Come si chiama st'amico tuo?»
Non risposi, pietrificato.
«Non me lo vuoi dire? Almeno si può sapere che fa? Dove abita, a chi è figlio.»
Ancora nessuna risposta.
Nonostante la benevolenza di mia madre, che mi offriva l'occasione di confessarmi, di parlare di me – tabù secolare in casa Tammaro –, un demone invisibile mi stringeva la gola. Sentivo l'aria risalire dai polmoni e poi fermarsi in un groppo stretto, irrazionale, che non mi permetteva di esprimermi.

Mia madre fu paziente ma per poco. A vedermi così in difficoltà, si strofinò le ginocchia e guardò altrove. Ci aveva provato, ma avevamo ancora tutti molto da imparare. Sfilandosi il cerchietto dalla testa si rialzò e andò ad appoggiarsi al termosifone spento – dall'ascella le spuntava un ciuffo di peli castano – e senza guardarmi negli occhi mi fece un discorso che oggi giudicherei paradossale ma che in quel momento mi fece sentire molto meglio.

«È stato un momento difficile per tutti. Chi se l'aspettava che tuo padre finiva così... Però non ci siamo persi di coraggio, Pierpà. Ci siamo rialzati un'altra volta. Come se nulla fosse successo. Io lo so, tu sei una persona sensibile, lo sei sempre stata. Però devi essere anche forte e capire che ci sono momenti e momenti per fare delle scelte. E questo non è il momento giusto. Tuo padre è appena uscito da un incubo, ti pare che adesso riesce a sopportare un'altra novità? Continua a studiare. Tu sei bravo, sei tutto cervello, e avrai di sicuro una vita felice. Ma non adesso, in questa casa. Finisci gli studi, prenditi la tua laurea e poi mamma ti manda dove vuoi. In America ci vuoi andare, o no? Fammi questo favore Pierpà, non mettiamo altri casini in mezzo. Facci stare quieti almeno per un po'.»

«Mia madre se l'è presa per la storia delle palle con la neve.» Mi venne naturale riferirglielo, mentre stavamo guardando un vecchio film in bianco e nero di cui non ricordo nemmeno il titolo. Elia aveva sul suo computer un archivio di vecchi classici del cinema che adesso si era messo in testa di recuperare. Per quanto i film scelti da lui fossero noiosi, la cosa non mi pesava ma quella sera non riuscivo a concentrarmi. Invece di soffermarmi sulle immagini dello schermo mi misi a osservare le suppellettili sotto il grande specchio: il grosso cabaret stracolmo di caramelle all'anice – «Saranno lì da secoli» mi aveva detto mentre ne scartavo una tutta impiastricciata nella carta.

«Quante storie» commentò lui, «cos'è, ho sporcato la scena del crimine?»

«Non sei divertente.»

Da quando gli avevo parlato di mio padre, Elia aveva preso a scherzare sulla sua vicenda giudiziaria, sulla quale si esprimeva facendo continui riferimenti alla sua serie tv preferita: i *Soprano's*.

«Non vedo l'ora di conoscere il resto della famiglia» diceva. All'inizio era divertente, e mi feci coinvolgere anch'io all'idea di vederlo partecipare a una delle abbuffate a casa di zia Rosa, avere qualcuno cui lanciare occhiate di complicità di fronte alla zia ubriaca che ride a bocca piena.

«Non mi piace questo film. Perché non lo guardi con i tuoi amici?» commentai sorridendo.

«Cosa c'entrano i miei amici?»

«Niente» risposi. Cercavo solo una buona occasione per mettere il muso, rovinare la serata. Tutto a un tratto marcare le differenze tra la mia vita e la sua aveva un che di consolatorio. Ora che riuscivo a sezionare la sua famiglia, i suoi amici, le passioni da studioso, in confronto ai miei genitori, zia Rosa e il mio sterile metodo di studio, facevo chiarezza su quello che ero, mi piacesse o meno.

«Tanto lo so che non vedi l'ora di raccontargli tutto, di

quando frequentavi uno che aveva il padre ai domiciliari, chissà quanti dettagli potrai aggiungere per risultare più interessante. Già me lo vedo il brivido di curiosità sulle loro facce.»

«Sei tu che sei presuntuoso, per me non cambia nulla.»

«Per me sì, qualcosa è cambiato.»

E continuammo ancora a lungo a discutere su quale fosse la forma migliore da dare al nostro essere solo noi stessi. Ma non trovammo nessun accordo, io ero irremovibile, Elia stanco. Starsene stesi sui lunghi divani nel nostro incastro perfetto non era più abbastanza.

.

IV

Mi presi del tempo, per la seconda volta. Non più di cinque giorni.
«Poi ti spiego tutto» avevo promesso, al sicuro nella mia stanza.
Elia non aveva ribattuto. Aveva percepito forse una nuova forma di determinazione nella mia voce e mi stava lasciando lo spazio affinché fossi io questa volta a prendere in mano la situazione: ero io del resto quello in difficoltà.
Mi sentivo importante. Nessuno, mi ripetevo, mi impediva di fare alcunché. Mia madre mi chiedeva discrezione, Elia la presenza. Mi sentivo comunque in trappola. Conteso tra due forze, quella incorruttibile della mia famiglia, e quella di Elia, piena di entusiasmi cui abbandonarsi ancora una volta senza riflettere. Ora che le due realtà avevano avuto un punto di contatto, tra quelle maledette palle di neve, non potevo più sottrarmi alla scelta.
Le certezze di Elia non potevano reggere il confronto con la cieca ubbidienza cui mi piegavo in presenza dei miei genitori: "facci stare tranquilli ancora per un po'". Mia madre aveva ragione, mi dicevo. Dal terrazzo di casa l'orizzonte emanava possibilità, le traiettorie degli aerei che andavano e venivano erano una sicura via di fuga. Ad aspettar-

mi c'erano mille occasioni ancora, opportunità, imprevisti. Dall'alto dei lastrici ero al sicuro, come sempre.

Non potevo dire la stessa cosa quando mi allontanavo dal quartiere. Mentre il treno mi portava lontano e si inoltrava nelle gallerie sotto la città sentivo quella sicurezza scemare. Fino a quando, al citofono di Elia, sentii quasi venir meno l'aria.

Il rosso della sua polo, l'abbronzatura del volto quando comparve dalle piante al centro del cortile, la disinvoltura con cui indossava i sandali che io trovavo orrendi mi spaventarono. Arrivò, diabolico, il groppo alla gola.

«Tutto bene?» mi domandò.

Non gli risposi. L'imbarazzo per il mio mutismo aggravava la situazione. M'incamminai lungo via Fontana. Attraversammo le strade in silenzio. L'aria di maggio non era ancora preda dell'afa estiva. I lampioni si accesero dal nulla anche se il sole era ancora alto. La confusione delle strade non aiutava la conversazione.

Come prima cosa bisognava trovare uno slargo, un luogo appartato e non di passaggio. Svicolai lungo l'Arenella verso le piazze del Vomero. Indicai con il dito piazza Medaglie d'Oro. Al centro della rotonda c'era un parchetto buio, la luce dei lampioni era oscurata dalle chiome degli alberi. In un piccolo campo da basket si teneva una partita tra quarantenni agguerriti. Sciami di ragazzini urlavano raggruppati intorno agli scooter. Il tonfo della palla, le voci che si confondevano con il traffico della rotonda, le ragazzine che venivano di continuo a chiederci sigarette e cartine mi stordirono ancora di più. Elia sapeva essere clemente. Si allontanò, fece un paio di giri da solo per il parchetto. Si divertiva a raccogliere i frutti acerbi dagli alberi, a torturare il fogliame delle aiuole. Per un po' guardò in una posa da pensionato la partita di basket.

«Ti senti bene?» mi chiese quando tornò a sedersi accanto a me. «Vuoi dell'acqua? Ti porto in ospedale? È a due passi» chiedeva con aria divertita e paterna, per sdrammatizzare. «Vado a prenderti da bere.»

«Forse è meglio se non ci vediamo più» risposi. Alzai la testa e lo guardai negli occhi. Sentivo tutto insieme il peso della responsabilità di quanto avevo appena detto.

«E perché?»

«Devo recuperare parecchi esami...»

Elia sventolò il braccio sopra la mia testa. Come volesse scacciare l'assurdità che avevo appena detto. Poi si mise le mani davanti agli occhi, aveva un'espressione stanca. Rimasi in silenzio fino a quando Elia non riaprì gli occhi. Si guardò intorno. Il caos nella piazzetta era esasperante.

«Andiamo via da qui.»

Girammo per non so quanto tempo per le strade del Vomero. Elia voleva sfiancarmi, camminava dritto con le mani incrociate dietro la schiena. Doveva smaltire la delusione che gli montava dentro. Era troppo gentile per arrabbiarsi con me. Chissà che invece non stava rimproverando se stesso per l'errore di valutazione che aveva fatto. Sapeva già che non sarei stato all'altezza? O era forse colpa della faccenda di mio padre?

Arrivammo ai giardini della Floridiana, rimanemmo fermi per un po' a guardare le tartarughe in ammollo nella fontana. Nessuno parlava più, mi stavo abituando alla sua presenza silenziosa quando trovai il coraggio di dire: «Mi vergogno a dirlo ma credo che per me questo non sia il momento giusto. Mi sono lasciato trasportare senza riflettere. Lo sai, medicina non è una facoltà, è una scelta di vita. Piuttosto sacrificata...».

Che sollievo aver preso una posizione. Anche se durò solo pochi secondi. Il tempo di tornare a guardare Elia, le promesse che il suo profilo rivelava ora che il vento sul belvedere gli schiacciava i capelli sulla fronte, e subito ero preda del rimorso. Elia continuò a guardare in basso, la città rabbuiata da una grossa nuvola che aveva coperto il sole.

«Va bene, di' pure quello che vuoi. Io ti voglio bene, ma non sono disposto a seguire certe dinamiche. Non me la bevo la storia dello studio, che la tua priorità sono gli esami. Stai spostando il problema che, ti ripeto, non mi riguarda. Solo tu sai come puoi fare i conti con te stesso. Ho paura che col tempo, se non fai chiarezza, non ci sarà futuro per te.»

Si rivelava sempre più bravo, più intelligente. Quanta razionalità nelle sue parole. Nessuna sceneggiata. Aveva già fatto i conti col dolore. Chissà che non abbia anche pianto, magari avrà chiamato sua madre e le avrà raccontato tutto. Sarà bastata una notte nella villa a Baia, una passeggiata a riva, tutti elementi che non cancellavano il dolore ma lo rendevano più logico, sopportabile in quanto un semplice contrattempo di una vita i cui contorni erano ben definiti. Poteva del resto fidarsi di un ragazzo senza amici, senza storia se non un padre che aveva appena scontato un anno di domiciliari?

Ma ero io deciso a chiudere con lui, non lui a respingere me. Gli afferrai subito la mano. Con forza. Lui sciolse la presa.

«Non renderti patetico» mi disse, questa volta brusco.

Si irrigidì e risalì la grossa scalinata della villa, conosceva come sempre la strada. La città si spegneva dietro i suoi passi. Ricordo la sua schiena che diventava enorme, gigante, una parete invalicabile sotto la quale supplicavo inutilmente di lasciarmi entrare.

V

L'acqua scorreva lenta sulle piastrelle. A ogni colpo di spazzolone dato da Rafilina mia madre spargeva altra acqua dalla pompa. Ripulivano insieme la vasta superficie del terrazzo dopo che una tempesta di sabbia l'aveva sporcato tanto da renderlo inagibile.

Mi incantai, come spesso accadeva in quel periodo, a guardare l'acqua che scorreva giù lungo la grondaia. Il rumore lieve che faceva, come in un giardino giapponese, lo sporco che andava via e faceva spazio al nitore creavano uno scenario distensivo.

Dalla cucina veniva odore di verdure grigliate. Di lunedì mia madre preparava piatti e condimenti per l'intera settimana. Mio padre era in giro, avrebbe fatto poi un salto a pranzo portando la vitalità dell'esterno come un viandante che si fermi una notte in un convento. Appoggiai la testa al muro. L'acqua si spargeva sulle piastrelle a piccole onde, come una bassa marea. Dai palazzi lontani arrivavano grida sguaiate, il fruttivendolo ambulante gracchiava al megafono le offerte del giorno, le colombe bianche del nostro vicino sbattevano le ali insieme prima di appollaiarsi sulle antenne. Una venne a riposarsi sul nostro balcone. Il suo profilo bianco si stagliava alla perfezione contro il cielo. C'era una luce perfetta. Mia madre, non appena

si accorse dell'uccello, corse rapida brandendo la scopa e lo scacciò via, isterica. Guai a chi avrebbe sporcato ancora il suo terrazzo.
Tornai alla scrivania. Il Lehninger spalancato mi aspettava da ore. Lessi mezzo paragrafo e tornai a guardare fuori. Chi volevo prendere in giro. Scivolai allora piano verso il letto ancora sfatto.

Per fortuna il dolore, in casa Tammaro, era da sempre bandito.
Se mia madre mi vedeva ancora a letto non faceva domande, ma richiudeva la porta della mia camera in forma di rispetto. Mio padre passava davanti alla mia figura ripiegata tra le lenzuola con l'indifferenza di chi guarda una salma di una persona che non conosce. Chi soffriva perdeva all'istante la sua tridimensionalità e veniva lasciato in un angolo in attesa che riprendesse la sua forma. Com'era successo a mio padre durante l'anno dei suoi domiciliari. Perché prima o poi una soluzione al dolore sarebbe arrivata. L'importante nel mentre era non verbalizzare. Le parole portano sempre e solo problemi.
Certo, a cena ci provavano. Ma le loro erano incursioni rapide e ben studiate. Mantenevano sempre quella loro forma accudente, consolatoria: «Tutta colpa degli esami», «tranquillo, tra poco andiamo tutti in vacanza». Minimizzavano.
Mia madre evitava di guardarmi negli occhi. Era più severa, si irrigidiva in mia presenza. Mi portava però il caffè in camera, metteva più cura in cucina, quando andavamo insieme a fare la spesa tra le file del supermercato esaudiva ogni mio desiderio. Mi ricordava che il nostro era il migliore dei mondi possibili. O almeno l'unico in cui avremmo avuto successo. Mi stava dando, a modo suo, una lezione fondamentale. Dare meno importanza all'amore. Giusto o sbagliato che fosse, non dovevo mai fare affidamento solo su un desiderio, sui sentimenti. La diffidenza, anche paranoi-

ca, ci avrebbe salvato sempre. Non ti puoi fidare nemmeno delle tue mani, era il mantra che ripeteva mio padre in ogni occasione. L'omertà come forma di educazione: mia madre sapeva che stavo soffrendo ma tollerava la mia espressione mogia perché rabbonita dal mio atteggiamento rispettoso.

Del resto la vita aveva mille altre occasioni da offrire. Soddisfazioni, premi, avanzamenti di carriera, privilegi, virtù piccole e grandi. Me lo ripetevo nei momenti in cui il cervello smetteva di arrovellarsi intorno agli stessi pensieri e si abbandonava ai suoni che venivano dal terrazzo. Esistevano altre forme di vita, altre traiettorie da seguire, altri luoghi da cui ripartire, senza correre il rischio di sfracellarsi e finire a raccogliere un'altra volta i pezzi.

Avevo commesso l'errore di confondere la città con una storia d'amore. E adesso era un rogo in ogni quartiere. Dalle colline dei Camaldoli si allungava una lingua di fuoco che scendeva per le antiche scale, accerchiava le piazze del centro, si infiltrava nei vicoli e ancora bruciava lungo il porto.

Provai ad andare in giro facendo finta di niente. Mi spingevo in città come chi non sa nuotare e avanza piano tenendosi a bordo piscina. Non avevo alternativa alla città se non la reclusione forzata in casa Tammaro dove almeno non correvo il rischio di perdermi.

All'inizio mi avviavo per le strade timoroso, con passo da funambolo. Era anche la mia città, eppure i vestiti stesi tra un palazzo e l'altro, sbatacchiati dal vento, si agitavano minacciosi come volessero scacciarmi via. Temevo che qualcuno potesse affacciarsi da una finestra e gridarmi che lì, senza di lui, non ero il benvenuto.

Dovevo farcela.

Nelle ore più fresche mi concedevo allora brevi pellegrinaggi sentimentali. Passeggiare diventava piacevole anche tra le macerie. Mi arrampicavo senza fatica lungo le curve della zona ospedaliera per poi declinare giù, ciabattando verso la città. L'odore dei pini, le finestre sempre spalancate, le grida dei bambini che si lanciavano oscenità senza riguardo riuscivano a sorprendere i miei sensi altrimenti impegnati in un'inutile caccia al dettaglio: il bar dove prendemmo un toast, la pompa di benzina dove facevo il pieno, il nespolo su cui provò ad arrampicarsi, le inferriate lungo la curva di Salvator Rosa quando passavamo la serata con le teste incastrate a indovinare i campanili delle chiese. La città raccontava al posto mio cosa era successo, cosa mi lasciavo alle spalle, chi ero. Per le strade più trafficate mi chiedevo quanti fossero nelle mie condizioni. Cosa facevano per andare avanti e soprattutto dov'erano? Avremmo formato un'unica carovana per un breve tratto prima di riprendere ognuno la propria strada e aver sussurrato un timido grazie. Invece no, ero solo.

La maggior parte dei miei pellegrinaggi finivano nella nostra rosticceria preferita dove ordinavo puntuale il panzerotto che mi aveva fatto provare lui. A volte ero esausto, ma non pensai mai di dire basta, di tenermi lontano. Cercavo il dolore così come avevo cercato per tutto quel tempo il suo contrario. Un'emozione valeva l'altra, l'importante era lo schianto, riceverne tutta la potenza. Mi sarei cosparso il corpo, la faccia, come in un rito tribale. Non avevo alcuna cura di me e non m'importava. Era davvero così importante stare bene?

Come tappa finale, mi allungavo sempre verso via Fontana, al civico di casa sua. Mi appostavo sul muretto infestato dalle erbacce. Le auto sbucavano veloci dalla curva, al centro della carreggiata, gli autobus rovinavano pesanti. Se c'era la luce accesa, nella sala del quarto piano, ero felice. Non restavo a lungo e non s'insinuava mai il desiderio di allungare il braccio, di digitare con le dita il codice del suo interno. Non l'avrei mai fatto. Per quanto si fosse svolto tutto nella sua ombra il dolore era una cosa che riguardava solo me.

Erano le prime giornate di giugno. Il caldo delle ore di punta si alternava a momenti freschi di brezza che agitava il fogliame. Fermo in auto, all'ombra dei tigli, mentre aspettavo che mia madre uscisse dallo studio dell'avvocato per far quadrare tutti i conti, scoprivo la nostalgia. Eravamo in una zona rossa, vietata. Poco più avanti c'era il nostro cinema, dove ci infilavamo a testa bassa per la paura di incappare in sua madre e le sue amiche. Ci andavamo spesso – al primo spettacolo del pomeriggio, "orario vedove" lo chiamava lui – anche se continuavo a capirci poco di cinema. Ma mi fidavo dell'entusiasmo di Elia. Doveva esserci qualcosa di significativo se stava così attento. Mai che allungasse una mano sul mio ginocchio, mai che mi cingesse le spalle, neanche durante le scene più drammatiche. Era una cosa seria.

Mi divertiva quando giudicava un film ancor prima di averlo visto, solo osservando il pubblico che riempiva la sala. Se c'era gente che sgranocchiava pop corn di sicuro si trattava di un prodotto "televisivo", popolare, se invece la sala era piena di pensionati e giovani studenti allora era uno di quei film d'essai che incastravano apposta negli abbonamenti mensili. Faticavo a seguirlo nei suoi discorsi, i riferimenti ai festival, i nomi di registi e attori, le diverse categorie di premi – non ero ancora capace di distinguere scenografia da sceneggiatura.

L'orologio nel cruscotto segnava le quattro e un quarto. Mia madre comparve al centro della strada, la sua andatura appesantita dal petto troppo largo di cui si lamentava sempre. Con la mano dal finestrino le feci cenno di avvicinarsi. Scesi dall'auto e le andai incontro porgendole le chiavi della macchina.

«Dove vai?» mi chiese, lo sguardo strabuzzato.

«Voglio fare due passi. Mi ha preso un po' di nausea.»

«Finora stavi bene.»

«Sì, ma tu avviati, è meglio se me ne torno a piedi.»

«Da qua sopra? Solo tu? Pierpà ma sei impazzito?»
«Per favore» piagnucolai.
«Pierpà, pigliati un po' d'acqua al bar e cerca di fare poco lo scemo.»
«Dài, ci vediamo a casa.»
«Pierpà, non mi sembra il caso, mi devo mettere a urlare qua in mezzo?»
Scossi la testa sconsolato. Non lo avrebbe mai fatto, stavamo sfiorando il ridicolo. Per evitare la sceneggiata le feci ciao con la mano, come a invitarla al silenzio, il gesto sinuoso di un ipnotizzatore, e le diedi le spalle.
Borbottò qualcosa ma non la ascoltavo più. Da lontano arrivò il suono della portiera che sbatteva, il rombo del motore che si allontanava a tutta velocità.
Sui gradini dell'ingresso del cinema non c'era nessuno. La strada era vuota se non per qualche motorino che la tagliava veloce sbucando dall'incrocio. Da provinciale qual ero mi stupivo quando la città si mostrava sotto nuove vesti. Il quartiere arroccato in cima al colle, dai palazzi alti e ben intonacati, intramezzati da qualche bruttura edilizia che oscurava il panorama del mare, assomigliava a una lontana realtà coloniale. Per un istante pensai con sollievo che un giorno mi sarei potuto trasferire lì. Magari sarei riuscito anche a permettermi un attico vista mare, una casa come quella di Angelo, ma non così grande.
Mi ritrovai di nuovo di fronte al cinema. Comprai il biglietto per lo spettacolo delle cinque. Davano il remake di un vecchio film diretto da una giovane regista americana di cui non ricordo il nome, ma avevo l'impressione che Elia me ne avesse parlato, e non bene. In sala non c'era nessuno a parte una ragazza con un cappellino alla francese seduta in disparte che prendeva appunti su un'agenda. Si aggiunsero poi altre figure al buio.
Il film fu noioso, non bastò a smuoverlo neanche il colpo di scena finale. Non persi mai la concentrazione. Era l'ul-

tima cosa che avrei pensato di fare, rintanarmi in una sala desolata di un cinema. Un'abitudine così urbana e lontana dalle mie, da quelle del mio quartiere – il cinema più vicino era a otto chilometri da casa. Ancora oggi, nei momenti peggiori, non appena sono in strada e sento un nodo avvolgermi il petto, bloccarmi le gambe, mi rifugio nella sala più vicina. Del film continua a importarmi poco, il momento più bello resta sempre l'uscita, la luce diversa che ti aspetta dietro le porte antipanico dopo ore di buio, la città che si mostra in un'altra veste, nella calma della battaglia ormai finita.

VI

Tornavo al punto di partenza. Alla sicurezza incrollabile dei miei genitori, al patrimonio che mettevano a crescere solo per me e che nemmeno la legge era riuscita a intaccare. Ero fortunato, perché essere anche felice?, mi chiedevo mentre seguivo la scia di profumo che mia madre lasciava dietro di sé lungo via Caracciolo. Avrei fatto di tutto per non perdere quell'opportunità. Un giorno poi avrei scelto cosa fare del mio privato, avrei trovato una mia personale forma di adattamento al mondo.

Mia madre aveva messo i sandali e un vestito lungo con grossi pesci da acquario. Era la sua ora di libertà, lontana dalle incombenze di casa, dalle voci del quartiere. Stavamo bevendo da grosse cannucce di plastica due frullati. Eravamo carichi di buste. Avevamo preso una cravatta per mio padre, un paio di scarpe nuove per me e perché non prendere anche un paio di pantaloni nuovi, più leggeri?

Quando provavo qualcosa in camerino mia madre utilizzava come parametro di riferimento i miei futuri colleghi. «Un medico mica va in giro così» commentava se eccedevo con le fantasie. Da quando avevo passato i test di Medicina mi aveva consigliato di rivisitare il mio guardaroba da liceale fatto quasi solo di felpe e scarpe da ginnastica.

Di fronte al mio nuovo look, camicie, mocassini e pullover, Angelo si divertiva a chiamarmi dottorino.

Mia madre stava risucchiando il fondo con la cannuccia. Le sfilai il bicchiere dalle mani e andai a gettarlo nel cassonetto più vicino. Il lungomare era battuto da un vento leggero mischiato al calore delle ventole dei ristoranti che mandavano puzza di fritto. Lungo la pista ciclabile sfrecciavano bambini sui rollerblade, sbandavano i risciò. In un lungo vestito bianco apparve da un androne una donna che conoscevo: era la madre di Angelo. Si lanciò verso di noi con un entusiasmo per me inspiegabile, accompagnato dal tintinnio dei suoi tanti gioielli al polso ora che si sbracciava nella nostra direzione.

«Pierpaolo!»

L'italiano esibito, stentoreo, era insopportabile tanto quanto il suo dialetto pieno di forzata allegria. Le volte in cui mia madre avrà incontrato quella di Angelo si limitavano ad assemblee di classe, gite scolastiche o quando la madre di Angelo consigliò alla mia un bravo oculista per un piccolo intervento. In ogni occasione, anche ora che si erano ritrovate in una strada del centro, mantenevano la stessa cortesia, priva di formalità ma pur sempre irrigidita da eccessivi sorrisi e parole di circostanza.

«Tuo marito come sta?» pronunciò senza fatica. Esisteva forse un codice segreto tra donne capace di instaurare immediata complicità. Perché mia madre, a dispetto di tutto il riserbo, subito rispose: «È tutto finito».

Quando la madre di Angelo guardò verso di me cambiò subito espressione. Quasi mortificata.

«Pierpaolo, perché non ti stai facendo vedere più?»

Mi strinsi nelle spalle.

«Lo sai com'è Angelo. Mio figlio c'ha la testa tra le nuvole, ma parla sempre di te.»

Arrossivo. I profumi delle due donne si mescolarono in un'unica fragranza accudente. Il vento attaccava il tessuto degli abiti alle loro gambe. Mia madre mi accarezzò il collo per spingermi a parlare, come se lì si trovasse un pulsante segreto. Davvero era convinta che rivedere Angelo avrebbe sistemato tutto?

La luce del sole era bassa, si nascondeva dietro i grand hotel. Di fronte al profilo delle due donne, in controluce, la loro figura massiccia – anche la madre di Angelo aveva il petto largo da matrona –, diventavo un bambino che ascolta buono i consigli delle maestre. Subivo da sempre il fascino dell'ubbidienza. Non si trattava di una meschina inclinazione a seguire gli ordini, piuttosto il mio era un atto di fiducia, accettavo volentieri consigli, mi entusiasmavo per qualsiasi modello di vita borghese. La chiacchiera svagata delle nostre madri era un esempio perfetto di quanto fosse semplice assumere l'identità di persone ordinarie, per quanto ognuna di loro, in modo diverso, avesse qualcosa da nascondere.

«Lo prendete un caffè al volo?»

«No Mariagrazia, abbiamo fretta, ché il papà a casa ci aspetta.»

«E che fa?»

«No, poi chi lo sente.»

«Non sai quanto piacere mi ha fatto rivederti.»

«Sei sempre bella.»

«Ma vatténne! Fatti dare un abbraccio.»

Al mio turno mi strinse più forte. Poi mi guardò dritto negli occhi: «Mi raccomando. Adesso che è tutto a posto ci devi venire a trovare».

VII

Superai biochimica con un buon voto: ventisette.

Un colpo di fortuna, ero l'ultimo dell'elenco e a fine giornata gli assistenti erano troppo stanchi, il professore si era ritirato in un angolo con un bicchiere colmo di Polase.

Fuori del Policlinico, la polo azzurra madida di sudore, esitavo come sempre sulla soglia dei vecchi cancelli arrugginiti. La fermata coi pannelli scrostati dai manifesti dell'ultima campagna elettorale era piena di gente in attesa. Qualcuno si spingeva in mezzo alla strada per individuare, le mani a visiera sulla fronte, il sopraggiungere dell'autobus. Ero troppo euforico, non avevo voglia di tornare a casa.

Chiamai d'istinto Angelo. Mi rispose con la voce assonnata. «Passa subito, ti aspetto» disse schiarendosi la gola.

Mi accolse a letto, ancora immerso in una lunga pennica pomeridiana mentre Paula friggeva qualcosa in cucina.

Passammo il pomeriggio a giocare alla Play fumando il residuo di una canna che teneva nascosto in una vecchia tabacchiera. Più tardi arrivò la chiamata di mio padre: «Sei sempre il numero uno!».

«Ora sono da Angelo, torno per cena.»

«Non ti preoccupare a papà, ora pensa a divertirti.»

Se Paula al solo vedermi aveva gridato di gioia e tempestato di domande che non riuscivo a tradurre dal suo italiano stentato, Angelo non sembrava disorientato dalla mia presenza. Era nel suo habitat, la sua stanza disordinata e sporca. Subito dopo l'arresto di mio padre l'avevo giudicato male per quanto si era rivelato superficiale, per non avermi lasciato nemmeno una pacca sulla spalla. In quel momento mi ritrovai invece a rivalutare la sua frivolezza. Casa sua restava un porto sicuro dove nessuno poneva domande scomode o si sfiancava nella ricerca di qualcosa di autentico. Nel peggiore dei casi, alle prime avvisaglie di nevrosi, avrebbero demandato tutto alle cure di un ottimo specialista.

Ero sollevato, non solo per il buon esito del mio esame. Ora che davanti a me si profilava un'estate forse più avvilente della precedente avevo bisogno di un passatempo e magari riuscivo a farmi invitare anche a Ischia. Avevo imparato la lezione: patteggiare a questo punto era meglio che soccombere. Ognuno aveva le sue facili soluzioni, mi dicevo mentre rientravo a casa in metro. Ce l'aveva mia madre, che evitava di parlarmi sicura che tutto sarebbe tornato come prima, ce l'aveva mio padre, convinto di vivere la migliore delle vite possibili, ce l'aveva anche Rafilina quando per ogni evenienza era sempre pronta a prostrarsi all'altare.

Ero stato uno sciocco, un idealista. Anche gli organismi più semplici erano dotati di un sistema di autodifesa e perché io dovevo continuare a schiantarmi?

Quella sera guardai in tv un documentario sull'Antartide con mio padre.

A causa dello scioglimento dei ghiacci branchi di leoni marini si aggiravano disorientati lungo una scogliera priva di neve. Se un tempo riuscivano a inerpicarsi senza problemi, abituati a scivolare sul ghiaccio, adesso sulla roccia asciutta era un problema per i loro corpi flaccidi. Alcuni di loro, non trovando alcun modo per tornare in mare si lanciavano nel vuoto, in un salto suicida. A riva si accumulavano grossi cadaveri che poi diventavano il pasto di uccelli e orsi polari. La vita continuava e così via. Il loro habitat stravolto era incompatibile con la loro vita. Mio padre per lo stupore si era alzato dal divano. «Hai visto Pierpà?»

A letto continuavo a rivedere le teste degli animali schiantarsi sulle rocce, le zanne sfracellarsi. Nel silenzio della mia stanza appoggiavo il corpo sul materasso ortopedico. Guardavo l'ordine della camera. L'inamovibile panca per gli addominali, la libreria traboccante di manuali e dispense, la tv spenta, i due imbarazzanti peluche a forma di elefante. L'odore di bucato, le superfici sempre lucide, l'aria mai stantia. Era quello il mio habitat. A stravolgerlo ero precipitato anch'io tra i tetti della città, schiantandomi lungo le facciate dei palazzi, dei balconi stretti, ed ero arrivato esangue a metà strada dal mare.

Ricordo bene quando Angelo, al primo anno, mi aveva invitato a casa sua con la scusa di aiutarlo con le versioni di greco. Eravamo a una festa di una ragazza del terzo anno, tutti e due disorientati, aggrappati alla ringhiera di una terrazza del centro. Quando c'è di mezzo un'emergenza, due ragazzini soli e spauriti in una nuova scuola – per me si aggiungeva anche la città piena di piazze larghe e inclinate – non giudicano quello che gli sta accadendo e prendono la prima strada che li metta in salvo. Così il giorno dopo avevo passato il pomeriggio da lui a guardare decine di scontri di wrestling alla tv senza lamentarmi. Questa forma di imprinting si trascinò per tutti gli anni del liceo, anche quando Angelo diventò, per sua naturale inclinazione, bello e popolare.

Della terrazza nulla era cambiato. I tavoli del catering, il pergolato fiorito, le sdraio già occupate e i divani rivestiti per l'occasione da larghe lenzuola. Da quell'altezza le luci della città mandavano piccoli aloni.

«Pierpà!»

Mi abbracciarono uno per volta. Come un calciatore a fine partita. Giravano diverse voci sulla mia assenza: la più accreditata era che mi fossi ritirato in seguito a una brutta depressione. L'importante era che mi trovassi di nuovo lì, in mezzo a loro.

Servirono i primi. I maschi si accalcarono al bancone apparecchiato. Per il servizio c'era il solito cameriere, il signor Tommaso. Mi aveva sempre messo a disagio. Le sue rughe evidenti e la sua pelata esprimevano la fatica cui si era sottoposto per una vita intera. Di sicuro era abituato a situazioni anche più degenerate ma mi imbarazzava comunque l'idea che di lì a poco avrebbe visto qualcuno vomitare nei vasi di gerani tutto quello che aveva servito.

Le ragazze come sempre se ne stavano in disparte. Ripetevano in forma più adulta – indossavano abiti lunghi e scarpe dal tacco alto – dinamiche da liceali. Attendevano che i fidanzati di lunga data venissero a dar loro il minimo di considerazione prima di tornare tra i compagni che, dopo le prime bottiglie di vino, si erano già radunati intorno al loro leader a inneggiare cori da stadio. Io non ero mai stato capace di esultare. Avevo evitato con cura il calvario delle partite di campionato, delle domeniche in curva. Per esultare implodevo, stringendo pugni e occhi. Accompagnavo gli inni, seduto su una sdraio, battendo le mani al ritmo di "An-ge-lo, an-ge-lo".

Peppe, Jacopo, Lollo erano già ubriachi. Rilasciavano sulle camicie strette, rigorosamente button down, grosse macchie di sudore. La musica, gestita dall'iPhone di qualcuno, era noiosa. Ci trovavamo a una festa, certo, ma non si sarebbe mai presentata un'occasione che non fosse scherzo, ballo, spensieratezza. Se avessi provato a raccontare un aneddoto, sintetizzare in poche parole cosa avevo fatto negli ultimi mesi, o anche solo raccontare l'ultimo film visto al cinema, non avrei catturato l'attenzione di nessuno. Al via del trenino mi rintanai in un angolo. L'altezza era vertiginosa.

Un paio di gabbiani si tenevano compagnia a mezz'aria. La brezza che arrivava forte era l'unica via di fuga.

Stavo guardando giù la distesa di tufo illuminata come un presepe quando alle mie spalle arrivò una voce calda che sussurrò il mio nome: «Pierpaolo», tutto intero. Mi voltai e Francesco era lì. Mi colpì un'involontaria felicità. Mi aveva cercato, come sempre.

Era solo. Al polso aveva un orologio dal quadrante enorme che gli rendeva il braccio massiccio. Anche la camicia, larga e con gli ultimi bottoni spuntati, tradiva qualsiasi proporzione: Francesco dava sempre l'idea di essere più grosso di quello che era.

«Come stai?» Aveva ancora quell'espressione patetica, ambigua, che continuava a coinvolgermi, come se ti implorasse di non lasciarlo, di restare con lui ancora un po'.

«Quando sei arrivato?»

«Adesso.»

«Sei da solo?»

«Sì» rispose a mezza voce. Voleva aggiungere qualcosa ma si bloccò.

Attraversammo la terrazza fianco a fianco. Si era subito formato quel nostro magnetismo che ci isolava all'istante dagli altri. Di nuovo io che gli fissavo senza ritegno la curva del collo, la geometria della mascella, di nuovo lui che ridacchiava compiaciuto ai miei discorsi, sempre così contento della mia presenza. Mi portò a bere, chiese al signor Tommaso due vodka lemon. A terra giaceva una busta di plastica già piena di bicchieri sporchi. La musica continuava ad andare ma non c'era più nessuno a gestirla. Si erano tutti accasciati sulle sdraio. Le coppie si erano riunite negli angoli bui del terrazzo. Jacopo e Valerio si aggiravano senza controllo fornendo lo spasso della serata. Fino a quando Jacopo non si accasciò tra le azalee e partì con due conati. Angelo arrivò subito con il mocio. Anche in questo si mostrava sempre un ottimo padrone di casa. Più volte durante le sue feste avevamo rotto lampade, sfondato divani e zanzariere, graffiato la coda del pianoforte e ogni volta Angelo non si scomponeva, sempre pronto ad arginare il danno.

Una volta strizzato per bene il mocio – in terrazza eravamo rimasti, dopo il taglio della torta, solo io e Francesco in un angolo, Jacopo e Lollo stramazzati su una sdraio – Angelo propose, come sempre faceva a fine serata, di proseguire altrove la festa.

«Andiamo a ballare?»

«È troppo tardi.»

«Che vogliamo fare?»

«Guarda quelli come stanno combinati.»

«Andiamo a Marechiaro.»

Jacopo e Lollo accettarono indifferenti, avrebbero passato il resto della serata a dormire in macchina. Io mi lasciai coinvolgere senza problemi. Francesco accettò poi mi lanciò un cenno d'intesa. «Vieni con me. Poi ti riaccompagno.»

Con due macchine risalimmo le curve di Posillipo appena schiarite dall'alba. Il suono degli pneumatici riempiva il nostro silenzio. Fuori il sole raggiungeva la città in penombra, le isole brillavano già: la città si risvegliava ma noi andavamo a letto quando ci pareva.

Ci sedemmo ai tavolini in plastica sistemati in ordine sparso lungo i marciapiedi. Angelo giocava al cellulare. Jacopo fumava con gli occhi chiusi, io e Francesco guardavamo fisso il belvedere, le navi cargo che entravano nel porto. Ero di nuovo tra i miei amici. Avvertivo in quel momento più che mai il loro sistema collaudato, quel delicato gioco di omertà e deficienza che li avrebbe tenuti insieme per tutta la vita, già prevedibile per almeno i prossimi vent'anni. In una sola serata trascorsa con loro il ricordo di Elia poteva sparire in un luogo preciso ma non più accessibile. Nessuno di noi in quel momento solenne sentiva il bisogno di confessarsi, l'urgenza di cercare qualcosa di autentico.

L'azzurro avvolgeva ogni cosa. I camion dei rifiuti ritiravano il vetro in un fragore assordante. Riattraversammo la città per la solita ronda dei passaggi: prima Jacopo alla Torretta, poi Valerio che abitava dall'altra parte della galleria di Fuorigrotta. L'ultimo tratto rimanemmo soli io e Francesco.

Non ero più il ragazzo morboso che focalizzava la sua attenzione su ogni singolo dettaglio, attento a quando il suo mignolo scivolava sulla punta del mio ginocchio. Conoscevo ben altri approcci. Ma Francesco aveva qualcosa di primordiale, innocente, non dava spazio a strategie né a istinti. Tornai a guardargli le braccia, il corpo che riempiva l'abitacolo, la presa sul cambio. La sua due posti mi era sempre sembrata troppo piccola per le sue ginocchia grosse. Ancora una volta quel suo tradire ogni proporzione lo rendeva vulnerabile e mansueto.

Quando accostò all'entrata del palazzo di Angelo mi guardò e sorrise, come volesse dirmi grazie.

«Sono contento che ci siamo rivisti.»

«Anch'io.»

Stringeva ancora il volante e guardava fisso davanti a sé come si rivolgesse a qualcuno nascosto nel lunotto che intanto segnava le 5:47.

In tutto questo tempo non era cambiato. Manteneva quell'espressione avvilita, di chi non riesce a comunicare un malessere.

«È che io...» ci provò ma si bloccò due volte. Poi si avvicinò al mio orecchio. «Tu sei l'unico che può aiutarmi.»

Si era sporto verso di me come un pentito che chiede perdono in ginocchio. La mia sentenza poteva aspettare. Gli strinsi piano la spalla: «Va tutto bene. Va tutto bene».

«Non ce la faccio a tornare a casa da solo. Vuoi venire con me?»

«Sì.»

Durante il tragitto Francesco non parlò. Era troppo imbarazzato. Io non feci nessuna domanda. Era più di un colpo di scena, molto meglio di qualsiasi film mi stessi raccontando da giorni. Era la prova che esisteva un'altra meccanica del desiderio di cui non ero io l'artefice. Che a forza di lanciare segnali nell'universo dal nulla sarebbero poi tornate nuove forme di vita, nuovi capitoli da affrontare.

Le strade erano tutte per noi. Il suo sguardo fisso era deciso, sapeva cosa stava facendo: stava portando a casa sua, passata mezzanotte, me e non un'altra ragazza. Arrivammo al gabbiotto. Francesco con un cenno della mano fece segno alla guardia di alzare la sbarra e lasciarci entrare. L'ingresso spoglio del palazzo, una pianta solitaria, mi ricordarono subito la tristezza di casa sua. Dentro c'era odore di vernice. Il tapis roulant stava ancora ripiegato in salotto. I divani erano sempre gli stessi, duri. La tv accesa, muta, mandava bagliori intermittenti. Mi sedetti di fronte a lui accavallando le gambe. Ero pronto ad ascoltare tutto quanto avesse da dirmi.

«Valeria dice che sono morboso. Mi ha lasciato, non vuole vedermi più. Il punto è che non riesco a stare da solo in questa casa. Mi sveglio di notte e non mi riaddormento.» Ascoltavo con decisi cenni della testa. Ma il discorso di Francesco iniziò a essere sconnesso. Partiva dalla presunzione che io conoscessi bene i dettagli della sua storia con Valeria. «Poi ti ho rivisto a casa di Angelo. Ero così felice, però subito mi ha preso un senso di colpa... io non voglio che tu sparisca di nuovo, per colpa mia... Valeria non c'entra, lei non può capire cosa c'è tra me e te.» Più Francesco parlava più il suo corpo si rimpiccioliva. Temevo che venisse risucchiato da qualcosa oltre la finestra. Non c'era più tempo, stava rovinando tutto. Se avesse nominato ancora Valeria non avrei retto. Poi arrivò una specie di intermittenza, il volto di Francesco si fece attento, concentrato.

«Quando sono con lei o in giro con Angelo, a notte fonda

fuori dal solito locale, mi viene sempre da pensare "ma io che ci faccio io qui?". Poi penso a te perché sei l'unica cosa che mi viene in mente, l'unico che mi può aiutare.»

Diventai insofferente. Con un gesto deciso andai a sedermi accanto a lui. La zaffata di ammorbidente che arrivò fu fatale.

Agguantai quanto avevo di più vicino, il lobo del suo orecchio. Un gesto svagato, un titillare innocente. Francesco ruotava piano la testa, come un animale da stalla, poco convinto. Gli afferrai la spalla. Descrivevo con le mani la sua fisicità, come un cieco che si fa spazio in una stanza. Incredulo percorsi la sua grossa schiena, il bacino, risalendo piano per il petto. Francesco teneva la mano sinistra stretta all'interruttore della lampada, sotto il bracciolo del divano. Un'uscita d'emergenza. Bastava un solo tocco per rompere quella forma di addestramento. Mi allungai su di lui, una manovra maestosa, e gli sfilai la mano dall'interruttore.

«Non ce n'è bisogno» consigliai in un sussurro.

Era a me che si era rivolto. A me aveva chiesto aiuto. Doveva fidarsi.

Mi feci spazio tra le sue gambe. Lui si arrese ai movimenti più audaci e si stese lungo il divano dandomi le spalle, lasciando lo spazio affinché mi allineassi con il suo corpo. Al buio cercò la mia mano e la portò diretta sul cavallo dei suoi pantaloni. Rimanemmo così per un po', gli lasciai il tempo perché si convincesse che quello che gli stava accadendo era normale, poi gli ordinai: «Andiamo di là».

Francesco si sollevò piano, la testa bassa. Alla luce dei lampioni, mentre ai piedi del letto gli sfilavo le scarpe, non appena sbucò con la testa dalla maglietta, gli riconobbi un sorriso riconoscente. Tutto lo sconcerto di prima, il dramma senza risposta, svanì come una cosa di poco conto, non poteva reggere il confronto con la realtà delle nostre lingue che adesso si smarrivano nella foga.

Mi risvegliai la mattina seguente con un piccolo lenzuolo sulle gambe. Il collo dolorante. La luce invadeva la stanza, era impossibile riaddormentarsi. Francesco mi portò un bicchiere d'acqua. Il suo corpo oscurò la camera per un istante. Mi alzai a fatica. Mi aspettavo che da un momento all'altro prendesse la parola, anche solo per sdrammatizzare, invece se ne stava dritto davanti ai fornelli.

Non disse nulla che io ricordi, né io ritenni necessario trovare una spiegazione, un nuovo modo di stare insieme. Lo conoscevo così poco, e quello sguardo nuovo, mite ma ostile, che si rifiutava di incrociare il mio, che d'un colpo aveva smarrito la sua solita condiscendenza, non mi riguardava. Girai per casa, scalzo, sorseggiando un po' d'acqua dal grosso bicchiere che mi aveva offerto mentre lui se ne stava al computer a cercare chissà che. Da quanto tempo era sveglio? A cosa stava pensando? Perché indossava gli occhiali da vista? Poggiai il bicchiere nel lavello.

«Mi accompagni tu?» gli chiesi.

«Non ho la macchina» rispose, senza sollevare lo sguardo dal computer.

Uscii. Di nuovo in strada raggiunsi la stazione degli autobus. Passeggiavo intorno a quei giganti arancioni – sembrava un'installazione d'arte contemporanea – ma il mio autobus non c'era. La luce del sole filtrava bassa sotto il ponte della metro. Incrociai il mio riflesso nella portiera di un autobus in sosta. Avevo la maglia stropicciata, i capelli gonfi e spettinati. Neanche l'opacità del vetro nascondeva la mia trascuratezza. Non mi vergognavo. Non avevo nemmeno la forza di essere severo con me stesso, perché mi trovavo lì e non avevo scuse. Sentivo di aver superato ogni limite. Non temevo, in quella luce chiara dove riposavano due cani randagi, nemmeno la reazione di mia madre. Sentivo però il bisogno di fare una promessa – studiare come un monaco per i prossimi cinque anni? Trasferirmi in America sul serio? Ma perché non cambiare corso di studi? Perché non aspettare ancora un po' prima di dichiarare una qualsiasi legge del desiderio? – anche se ero consapevole che, a casa, nel buio della mia stanza, sotto gli occhi giudiziosi di mio padre, le voci sguaiate della 167, al suono della scampanellata di Rafilina, avrei già dimenticato tutto.

VIII

Ero a metà strada quando qualcuno parcheggiò la sua auto dietro i blocchi di cemento. Da lontano riconobbi la figura di un uomo. Indossava pantaloni beige e un paio di vecchi mocassini, in mano reggeva una grossa busta di plastica azzurra.

Erano pochi i maratoneti come me che si ritrovavano lì prima del tramonto. Ci conoscevamo tutti, scambiandoci un rapido cenno con la testa. L'uomo non sembrava trovarsi lì per correre.

Lo stradone era tornato a essere un posto abbandonato, uno dei tanti investimenti lasciati in sospeso da chissà chi. Il palazzetto dello sport era stato da poco rivalutato come centro di accoglienza straordinaria e adesso, in fondo allo stradone, stazionavano gruppi di uomini scalzi o in pantofole che guardavano fissi le ville lontane come avessero intenzione di farle saltare in aria. Zia Rosa si era lamentata di quella scelta del comune, soprattutto per il traffico di prostituzione amatoriale mai visto nel quartiere. Ma da quando uno dei suoi nipoti aveva trovato lavoro come mediatore culturale adesso spendeva ogni suo giorno per la causa dei "neri".

Al secondo giro di corsa, ora che mettevo meglio a fuoco la sua figura, il naso grosso, brutale, la pelle scura, riepilogavo la situazione corrente: io e un uomo che mi fissa lungo lo stradone quasi al buio, soli.

Potevo tenere lo sguardo basso, ma lo puntai sfacciatamente verso di lui. Non ero più io, ero diventato già quel miscuglio di sangue e nervi pronti a scattare da un momento all'altro. Eccomi, pensai mentre l'uomo puntava ancora lo sguardo verso di me, ero pronto a qualsiasi rischio. Cosa avrei dovuto fare? Salire nella sua macchina? Lasciare che mi seguisse alle spalle del palazzetto dello sport?

Più correvo, più mi convincevo del mio istinto.

Elia non mi mancava. Non desideravo più Francesco. Non credevo più nella potenza di mio padre, non accettavo l'affetto di mia madre. Anche se pensai a tutti loro mentre mi sfiancavo senza pietà lungo lo stradone nella sua direzione. Si era creato tra il cemento, il fogliame indistinguibile – canne, erbacce, prugni, gelsi –, la spazzatura disseminata ai bordi della strada, i cani randagi, il tratto di fogna a cielo aperto, un campo magnetico da cui non potevo sottrarmi.

Mi avvicinai a lui. Avevo le mani bagnate, al centro del petto una macchia grossa di sudore, le gambe gonfie per lo sforzo.

L'uomo continuava a fissarmi.

Aveva molte più rughe di quanto credessi. Il volto scuro. Il fondo della busta di plastica era pieno di more, le scarpe classiche sformate e sporche di terra.

«Sei il figlio di Pasquale Tammaro?» mi chiese, un vocione da anziano.

Feci di sì con la testa.

«Sei tale e quale a tua mamma.»

Prima di rimettersi in macchina rinnovò i saluti a mio padre: «È sempre stato 'na persona generosa, un signore!» specificò.

Rimasi solo, al centro della strada, il vento che soffiava da nord contro il mio petto gelido. Potevo avvertire, nel fervore dei sensi, qualsiasi suono: dal tintinnio metallico del traliccio mosso dal vento fino al battito del mio cuore, il tumulto del sangue che svaporava piano, tornando al suo ritmo regolare mentre prendevo di nuovo, a testa bassa, la via di casa.

Mondadori Libri S.p.A.

Questo volume è stato stampato
presso ELCOGRAF S.p.A.
Stabilimento - Cles (TN)

Stampato in Italia - Printed in Italy